张海英 著

一朵文字,
落地生香

文化发展出版社
Cultural Development Press

图书在版编目（CIP）数据

一朵文字，落地生香 / 张海英著 . — 北京：文化发展出版社，2018.11
ISBN 978-7-5142-2468-9

Ⅰ.①—… Ⅱ.①张… Ⅲ.①故事—作品集—中国—当代 Ⅳ.① I247.81

中国版本图书馆 CIP 数据核字（2018）第 250316 号

一朵文字，落地生香

张海英 著

出 版 人	武 赫		
主　　编	凌 翔		
策划编辑	肖贵平		
责任编辑	周 蕾	责任校对	郭 平
责任印刷	杨 骏	责任设计	侯 铮

出版发行	文化发展出版社（北京市翠微路 2 号 邮编：100036）
网　　址	www.wenhuafazhan.com
经　　销	各地新华书店
印　　刷	三河市华东印刷有限公司
开　　本	787mm×1092mm　1/16
字　　数	190 千字
印　　张	13
印　　次	2019 年 1 月第 1 版　2019 年 1 月第 1 次印刷
定　　价	49.80 元
I S B N	978-7-5142-2468-9

如发现任何质量问题请与我社发行部联系。发行部电话：010-88275710

目　录

第一辑　安静如一朵莲

安静如一朵莲　002
女儿红　004
我的寂寂少年　007
小雨初晴心似荷　011
茶　汤　014
苹果落地的声音　017
一朵文字，落地生香　021
写给那个即将远行的孩子　024
别把日子抱怨成一地落花　026
不要用你的思想绑架我　030
奔跑吧，幸福的巧克力豆　035

第二辑　爱可以让你内心宁静

餐桌上那瓶玉兰花　040
尘世里的一场修行　045
我的眼里只有你　050
在斑驳的光阴里相遇　054
三十年后再见白发亲娘　057
异想天开是件皇帝的新装　060
对生命最好的尊重　063

01

异国他乡，真情有爱　067
安放心灵的家园　070
在劫难逃　073
爱可以让你内心宁静　076
一念之间　079
挑战生命里的不可能　081

第三辑　这世间所有相遇都是久别重逢

倾情远方那片海　086
芳华白首，我只认识你就好　091
追寻浩渺时空里的生命密码　096
尝试，你的人生会有所不同　100
从容地行走在有光的人生里　104
所有的付出都值得　109
泼墨重彩写意人生　112
这世间所有相遇都是久别重逢　117
"刻骨铭心"，让失散的亲情重新连线　121
那些刀尖上起舞的日子　125
此心安处是吾乡　130
素白明月心，冷静克制之美　135
要感动别人，先感动自己　140
从公益到公众，爱在两个世界里对接　145

第四辑　春风十里，看见心灵笑的样子

春风十里，看见心灵笑的样子　150
对于生活的热爱，永无止境　155
浩渺天空中一颗璀璨的星　160
把万维网送给世界所有人　165
迷醉在戏服里的大美无声　170
自古英雄出少年　175

我给自己权利，我界定自己的存在　180
我们可以重新书写未来　183
展开你一双翅膀　188
赢了自己成就人生　193
这个世界一定能触碰你内心的柔软　198

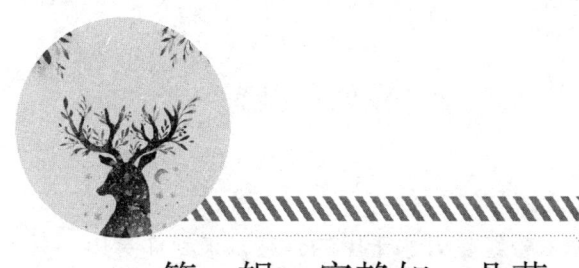

第一辑　安静如一朵莲

安静如一朵莲

曾经是万水千山的奔赴,来到你身边,只为读你的风韵,看你的恬淡,赏你的清雅,识你的内涵。

那一年,水之湄,曾有一人,手持一朵将开未放的莲,轻轻赠予。

那是一朵久开在心海却未曾谋面的莲,如今,千里之外,水之湄,终于见到了你的模样,怎不叫我轰然欣喜。得之惜之,捧在手里,怜花似玉。

用净水供养,以禅心陪伴,静静坐于旁侧,只为仰望你妙曼盛开。清丽几瓣,包容内涵,蜿蜒的弧度,是一首简明的诗笺,不溢不蔓。

端然,花开是一生一世的积累,无须心急,如红尘深处一抹渐行渐缓的流淌,和时间一起,漫过河流,漫过山川,漫过我静静的等待。月光也漫上来,斜映一抹微微的蓝,有虫儿啾啾,疑似一种呼唤,忽近忽远……

风袅袅而来,玉容轻摇。突然,你微身一抖,一刹那,似有一瓣微微展开,莫非,你悄悄打开了一瓣?不敢相信眼之所见,细细了看,果然，花容渐展，不似从前。心呼啦啦雀跃起来，今生有幸，看到你美美绽放的瞬间，犀灵一点。

挣脱，在此时是一个多么恬淡美好的字眼，是生命的完美展现，是灵魂的升华和铺展。

我自远方来，识君熠熠开，迟迟不肯去，一念久徘徊。

花未全开，怀着这种美好，我酣然睡去，留一段空白予你，宁静地享受绽放的过程，那是属于你的美好，羞涩，饱满，宁静……

晨起，初阳如线，穿越云层洒在那朵莲花上，金色的光影，间明或暗。急急地看了那朵莲花，已全然盛放，端庄如一个大气女子，清雅素洁，欣然出尘。

此时，静然，一种恬淡，一种美好，渲染着周遭。恰似那一低头的温柔，自心底蔓延舒展，屋子里萦绕着圣洁的光辉。

这就是莲吧，素净婷婷，清新雅致。

水是温柔的滋养，太阳是温暖和关怀，鱼儿的欢欣是默默地陪伴，还有那些可爱的蜻蜓，千里之外飞来，只为与你诉说千山万水的秘密。你是独特的自己，雅韵悠悠，翩然独立。

无须烘托和渲染，你站在那里，自是一幅画，一段光阴。

清晨，你以水为镜，初装轻绽；夜晚，你枕水为眠，晓梦轻寒。不言不语中开出的禅意，细水长流，山明水秀。

澄澈的时光里，安静一颗忙碌的心。出尘，做一朵莲，让那些游离的梦安暖在内心深处，让生命的涓涓细流蜿蜒流淌，在花未全开月未圆时，与自己结一段寂寞寒凉，浅静幽深，凡尘浅唱。

女儿红

"谁在我第一个秋,为我埋下一个梦,一坛酒酿多久,才有幸福的时候……"

初相遇,也是一个秋。

梨是我初中同学,她品学兼优。我资质平平,是放到哪儿老师都想不起来的孩子。

好玩是我们俩的共性,凭借这个"优秀"的品质,我们俩坐到了一起,而且坐到班里最后一坐。她是班里高个,坐最后一坐无可厚非,而我是班里个子最小的女生之一。我们这一大一小,坐在班里最后一坐,不知老师讲课时,是否有种滑稽的感觉。

那个年代,好玩的东西并不多,我们就玩起了熊孩子的游戏。自习课,老师不在,我俩会默默翘起椅子前腿,向后墙靠去,以此放松下腰身,赫然高大的我们放眼前面低头学习的莘莘学子,呵!一种君临天下的感觉。不约而同,我俩憋住,无声大笑。这种游戏被我们玩得不亦乐乎,直到初中毕业。

一坛酒贵在深埋后自身的酝酿，凝萃重生。

三年青葱很快过去，留在心里的只有栀子花的香气。

她考入重点高中，学业进行得并不顺利，要强且事事要求完美的性格害了她，最后，不得不休学一年之后重新开始。命运还是眷顾了她，大学毕业，她在省城找了个不错的工作，端公家饭碗，事业做得有声有色，如日中天。

而我，接受命运的安排，念了一所平平的高中，有了一份朝九晚五的工作，琐碎着时光，消磨着青春。

一天，我们在公交车上相遇，非常高兴。短暂问候，她说有篇稿子要改，单位急着用，我便不再打扰，静静陪她，内心隐隐的心疼和不忍。

和一坛女儿红深埋下的，必定还有些期许和等待吧。

四年前，再次见到她，是去参加老师生日宴的路上，我搭乘她的越野大吉普。岁月几乎没给她留下任何痕迹，甚至有些逆生长，美丽，自信，大方，笑声朗朗。

路上，她和我说高中时曾休学一年，实在学不进去，看书就头疼，我说是读书太用力了吧，你还是那种要强的性格，而我，还是那不要强的性格。说完，我俩又忍不住哈哈大笑。她说，是呀，还是你了解我。

就是这要强的性格，使她事业顺风顺水，步步升迁，生意做得也不错，开了几家店，每年都出国走走，有公事，有自费。

年轻就是应该要强，我们山里出来的孩子，不靠自己努力怎么能出人头地呢。人要有不服输的精神，这么多年我都是这样倔强着走过来的。前段时间，我曾被医生判了死刑，但是我并不屈从，我从国内外文献中寻找答案，驳倒了医生，看看，我现在还是好好的。看她自信满满，我由衷高兴。

是呀，青春是一坛酒，是封着口的女儿红，无声地酝酿着纯度，只等某一日开启，会有无数醇香呼啦啦飘散开来。

然而，时间证明了医生的说法是正确的。

那年冬天特别冷，寒风整日漫无目的地吹，吹得人心里惶惶的。去看她时，病房里，她和妈妈在一起，梳着麻花辫，只是头发因为化疗，有些稀疏了，脸上有黑色的斑痕，视力有些模糊。她笑着说没关系，自己正安静身心，努力寻找解救生命的途径。看着她日渐消瘦羸弱的身体，心底只剩下疼。

走时，她坚持着一定要送我们出病房，结果一直送到电梯口。进电梯时，我送给她一个平静且温暖的微笑。生命于斯，该说些什么呢？挥挥手，一句安好，在心底默默咏念……

生命无上，别无他求！

她像一朵烟花，曾经那么努力地一冲云天，用自己的力量极尽绽放，闪耀着无比璀璨夺目的光芒，然后，消失在茫茫宇宙深处，再也无处找寻。

只是，烟花那么凉！

如今的我，庆幸手里还有一支笔，心中还有字，平凡地记录着人情冷暖，山河岁月。但愿某个月圆的夜晚，我也会开启一坛女儿红，待酒香浓郁，待树影微斜，举杯，邀她共饮。

我自倾杯，君且随意！

我的寂寂少年

那一年,我十六岁,初三在读。

为了能读一个好一点的高中,爸爸把我送到百里之外的高远。

高远是个不大的小镇,在县城以北较远的地方。为方便周围学生上学,县里在那设立了高中,没想到这个学校越办越好,竟然超过了县城里同类级别的高中。

因此,我慕名而来。

高远也真是远啊!

我家在县城的东南,距离县城四十多分钟车程,高远在县城以北,距离县城两个半小时车程,好在高远通火车,坐火车一个小时就到了。我如蚂蚁般以县城为中心,来回穿梭。一个月一次,对于我这个晕车的人来说,也算是痛苦的煎熬了。

少小离家,身系诸多牵挂。

第一次回家,单独走,有些害怕,顺着来路,竟也走得顺利。

到家了,爸爸看到我,却忍不住落泪了。原来,前几天发生车祸,一辆客车撞到山边石砬子上，很多乘客受伤，赶巧那天是周末，爸爸担心我也在车上，跑去车祸现场，挨个伤员查看，确准没有我，才放心回家。

那时没有什么通信设备，只能眼睁睁地徒劳牵挂，时常羡慕现在的孩子，出个远门，还能用手机和家里报个平安，通个电话自然不算什么，想得紧了，还可以视频，好像在家里，和亲人面对面的样子，免去诸多相思之苦。

年少懵懂，突然到了一个陌生的地方，总感觉似在流浪。

"寂寂秋日暮，辉辉残影斜"。

每天深夜，火车的汽笛声都会拉伸我长长的思念。那是种刻骨的想念，与风月无关，与亲情有染。

同桌是校长家的孩子，老师特意嘱咐我要好好给他讲题。我是班里的劳动委员，班主任老师不用操心班里的卫生状况，周周评比照样可以拿第一。政治老师是个快退休的老太太，我是她的御用批题，因此，在她值周的时候，迟到的我可以堂而皇之地进教室，却不被扣分。

记忆真是个奇怪的东西，那一年的同班同学，我竟然记不得几个。每天抬头看黑板，低头做题。多年以后，再去回想，脑子里竟然没有他们的身影，以至于偶然饭桌上相遇，叫不出名字，也想不起趣事，尴尬地偷偷逃席。

日子淡薄如水，我在异乡，独来独往，好似被世界遗忘。

寒风呼啸的冬日里，我认识了另外两个和我一样，远道求学的女孩，我们在离学校不远的地方，合租了房子，一起上学，放学，一起下馆子，流浪。

高远的冬天也是冷，至少比家那边冷七八度。

下自习回住地，裹着寒风，抖抖索索。离住地不远，火车站的旁边，有一个豆脑铺，寒夜里飘出的豆脑香气，格外诱人。

我们三个在忍无可忍，无须再忍时，呼啦啦钻进豆脑铺，大喊："老板娘，来三碗豆脑，三个火烧！"这时候的铺子已经没什么生意了，清冷得像天气，但每天这个时刻，铺子并不打烊。从老板娘眼里，我似乎看出她在等我们。

结账时，老板娘总是免去我们的余头小钱，这让我们心里热乎乎的。

心满意足，出了铺子，我们学男孩子大声唱着"北方的狼"，嘻哈着走进寒夜。

时隔多年，我重返高远，特意去铺子里坐坐，还是那个老板娘，还是那慈爱的眼神，只是她有些见老了。

我轻轻坐下，笑着说："老板娘，来碗豆脑，来个火烧！"豆脑热气腾腾地端上来。一边吃一边和老板娘唠嗑，吃到最后，惹出眼泪来。笑着说老板娘的豆脑太热，吃得鼻涕眼泪一大把，老板娘笑得孩童般开心，送我出铺子，叮嘱我再来。

生命里总有些印记，任凭时间久远，风吹雨打，也会不风化褪色。有些人，每次想起，心海里都闪着暖色的光。

平时周末，我们只有半天假，离家远的学生无处可去，便留下来，小镇里四处游荡。

午后，阳光懒散，我们三个空荡着心，踩着铁轨，摇摇晃晃朝家的方向，无聊地走着。路边闲置着很多水泥管子，我们忍不住少年的心，去水泥管丛林中窥探一二。

说到窥探，总有种神秘不可言说的意境。

事实如此。水泥管子并无异常之处，独特之处在于管子上写了好多粉笔字，这一颗颗百无聊赖的心顿生好奇，仔细阅读，不禁面红耳赤，那都是另类人的异端文化，写着些不入流的文字。

都不再说话，扭头便走，是有些东西碰触到少女敏感的心！

多年以后，回想起这件事，犹自感觉好笑。

这件事过后，谁都没有再提起。

转眼，春暖，学业忙碌起来，再无闲心四处游荡了。

绿叶渐深，隐约听到第一声蝉鸣时，我们中考了。

后来，我读了高中，她俩没能继续学业，渐渐失去联系，和那些花儿一起散落天涯。

记忆如珠串，线断，散落四方，有些带着好闻的香，有些带着海水的咸，那么，我那些青葱的颜色和栀子花香气呢？

时光如风，呼呼掠过，干枯的枝丫里是我的寂寂少年。

小雨初晴心似荷

下了一夜小雨,清晨初晴,闺蜜打来电话说荷花开得正好,一起去看看?荷花,我的最爱,怎能不去看呢?

一小时车程,不长不短,下了车,我立刻被眼前美景惊呆了。好美的一池荷花啊!粉嫩着,新绿着,铺展着,延伸到远处山脚下。

"江南可采莲,莲叶何田田"。荷花素洁端然,荷叶碧玉田田,微风浮动,如万千少女,裙裾飞扬,舒展了腰身,共舞一曲落荷九天。

"叶上初阳干宿雨,水面清圆",小雨初晴,花叶上满是露珠,晓风袭来,微微轻颤,仿佛稍微一用力,就会滚落下来,凉沁沁的,伸手欲接,却无奈花叶离我太远。

一年一季的荷花开得正当时,闺蜜说得对,如果来晚了,就看不到这么美的荷花了。

下台阶,走进荷花池,也就走进了仙苑胜境,荷花仙子般或昂首轻绽,或低头私语。更有新荷陶然挺立,欣欣然伸着脖颈,好奇地打量这个世界,好似攒足了精神,存满了能量,铆足了劲就等着这一季欢欢喜喜地盛开。生这一世，只开一次，怎么能就马马虎虎地随意了呢？明年又一季，花开不是我，要珍惜唯一的机会呀！全然盛放，才无怨无悔。

一只蜻蜓调皮地飞来飞去，被一朵尖角小荷魅惑，徘徊着不忍离去，似千年等待遇到了真爱，落下，再也不肯离开。小荷尖角上，蜻蜓放下翅膀，围拢成弧形，意欲环抱荷花，护住一方天地，守候一世静然。这尘世间的精灵，也有情深义重，也有怜香惜玉，愿得一人心，白首不相离。

我犹自看着蜻蜓和荷花，把这两个调皮的精灵照进了相片，也印刻在心底。

蜻蜓旁边，一朵荷花近乎凋残谢幕，几瓣尚在枝头伫立，几瓣安静地散落在附近荷叶上，颓然，遗世。似老旧妇人，看尽繁华后的沉淀素静，成败荣辱都经历了，坎坷和怦然心动也埋进了斑驳的光阴里。岁月渐深，落荷无争，只等自然界悄悄收回这残败的躯体，生命若有时，护佑下一季花开花落。此中真意，蕴含慈悲，有一种爱，叫作低到尘埃。

生命常理，宿命轮回，残落是另一种美。平常心看世界，清风和煦，明月清朗，实则风物日月本是无情之物，若心有恬淡，适时而取，方可凋荣皆美，内心丰盈。如平常人生里，喜怒哀乐，阴晴圆缺，把日子过成苦中有乐，泪中有甜，才是人生真性情。

从来凋零都是与热烈相辅相成。若不是这样，世界未免单调无趣。

前行，几朵睡莲开得正热烈，花朵不大，毫不惹眼，却丝毫不影响它们盛放的热情。它们开得无所顾忌，旁若无人，仿佛全世界再无其他。没有荷花的端庄，大气，却有本真的豪迈，奔放。无拘无束似心无城府的少女，爱上了中意的翩翩少年，爱了就爱了，不管不顾，大胆而热烈。私奔吧，此时，唯有这个词语才能表达那份执意和决绝。心若去了，人就跟着去了，心若动了，半点不由人了。

将近离开时，遇到同事带着家人看荷花。同事的小女儿天真烂漫，穿淡粉色裙子，煞是可爱。趁同事和我打招呼时，小女孩忍不住满心欢喜，飞跑进荷花池。一入池中，便又是一朵荷花悄然绽放了……

晴空潋滟，岁月正好，有人不断离开，有人不断涌来，七月里赏荷，心似佳酿，清冽甘醇，由眼入心，来得通透清澈。一切都那么刚刚好，不浓不淡，心情也拿捏得刚刚好，不愠不火。今日，不虚此行。心朗润了，世界就宽阔了，山水都有风情，花叶都在细语。

"从来不著水，清净本因心"，荷花本是花中君子，中通外直，即使花不著水，依然本性清雅，不蔓不枝。心怀一朵荷花吧，纯净，素简，出淤泥而不染，在这喧嚣的尘世里，安然行走，淡泊存在。

茶　汤

小满和鹦哥青梅竹马，从小，小满就跟在鹦哥的屁股后面玩。

转眼少年。一个英武俊俏，一个出水芙蓉。女孩子成熟早，小满不言不语里就有了心事。哥哥叫得多了，叫着叫着就叫到心里去了。

那一年，雨水大，小满娘病了，早年就没了爹，小满只好独自带着娘过河抓药。

去的时候，河水没膝，娘儿俩拉扯着还算勉强过去，回来的时候，雨一直下，河水齐胸，过不去了。娘儿俩前不着村后不着店地等了一下午，河水也没退。眼见天黑，看不见人影了，小满就坐在河边哭。雨水和着泪水，一道道滚过脸颊，落在泥土里，无声无息。

娘的身体越来越差，虚弱得倚在小满身上。摸摸娘发烫的脸，小满脱下外衣，给娘披上，除了这些，小满不知道还能做什么。

轰隆隆的山水似一只饿极了的猛虎，卷着枯枝败叶，追逐野兔般，急急奔去。夜，幽深而苍冷。

突然，小满听到远处有人喊她的名字，越来越近，越来越清晰。

原来是鹦哥提着灯笼，打着伞，寻她们娘儿俩来了。

小满看见鹦哥，哭得更凶了。鹦哥一边安慰小满，一边把绳子绑在大树上，然后扯住绳子另一端，把小满和小满娘一起拉过了河对岸。

进了家门，鹦哥没走，帮小满给娘熬药，安顿好躺下。眼见小满娘退烧了，鹦哥才安了心。

小满娘心思灵巧，煮得一手好茶汤，远近闻名。小满爹在世的时候，总是喝不够。可是喝不够归喝不够，老天爷叫走，谁也拦不了。

小满和母亲相依为命，冷了，淋雨了，母亲都会给小满煮碗茶汤，放些老姜。小满喝着喝着，心里就暖和了，小病小灾的也就扛过去了。

小满煮了茶汤，学母亲的样子，多放了些老姜。端给鹦哥的时候，鹦哥的眼睛亮亮的，看得小满有些不自在。

鹦哥慢慢喝了茶汤，憨憨地说，茶汤真好喝，能喝上一辈子才是福气！

日子如水，滋润着茶园。

茶园在小满家北面山坡上，晴天，茶园青山如黛，雨天，茶园云烟缭绕，似茶烟轻起，袅袅牵绊。

小满十八岁那年中秋夜，鹦哥约了小满去茶园说话。

茶树下，月光清朗，鹦哥拉着小满的手说以后要建个大房子，娶了小满，接娘来一起住。要生一群娃娃，还要养一条狗。小满说，还要养两只猫，猫恋家。鹦哥说好，那就再养两只猫。等我下田回来，你在前面迎我，身后是一群娃娃、猫和狗，有你，有这样闹腾的日子，我就心满意足了。

小满笑了，一低头，尽是温柔。鹦哥哈哈大笑，笑声甜蜜着往后的日子。

小满二十岁那年，新茶刚刚采完，鹦哥对小满说，我已经备足了盖房子的钱，想趁春天雨水少，把房子盖上，秋天就迎你过门，你看咋样？

小满羞答答地说，咋样都行。

鹦哥又是咧开嘴笑了，忙着备置材料去了。

入秋里，房子盖好了，屋里置办一新，就等着找个先生，择算好日子，办喜事了。

这时，县上传来打仗的消息，没几天工夫，全村的青壮年都被强行抓走了，也包括鹦哥。

刚过八月十五，北风就下来了，这是从来没有的事。北风下来没几天，就飘起了雪花，这年冬天来得出奇早。

从县城里传来消息说，鹦哥他们一群人被送过江，到北方打仗去了。小满一听就哭开了，北方多冷啊！要多久才能回来呀？

寒风依旧刚烈，没余地地呼呼刮过，小满的眼泪被风卷起，飘进红尘，无声无息……

远处梯田年年新绿，新茶采了一茬又一茬，却不见鹦哥回来。

鹦哥走后半年，曾经寄来一封信，大致说他平安无恙，就是行军打仗，居无定所。信中还说他很想念小满，要小满在家里好好照顾娘，再养一条狗和两只猫，煮好了茶汤，等他回来。

小满赶紧写了封回信，字字句句道不尽的牵念。小满说，自打你走后，心里像刮进凉风，想你却看不见人影，就把猫儿狗儿的都养下了，如今猫儿已经做了妈妈。小满还说，北方天气冷，要好好珍重身体。已经采好了新茶，晾好了老姜，等你回家。

以后的日子里，小满每天净手焚香，煮好茶汤，抬头看看茶园，看看远山，想着鹦哥正走在回家的路上，正走在山的那一边……

苹果落地的声音

大青山的苹果又丰收了,漫山遍野粉红色的果子,错落有致地挂在树上,看了就让人心生欢喜。

这几天,村支书刘海山的心情可不太欢喜。村里的路修到大青山脚下,戛然而止了。大青山一夫当关万夫莫开,要想把路修到山外,只能打隧道,但是没有人帮忙设计图纸,依靠村民蛮挖,是无论如何也不行的。

刘海山当支书已经有五年了,从上任那天起,他就当着全村老少爷们发誓,一定要带领大家,修出一条通往山外的路,把山上的苹果和山货运出去换钱。

村里人太需要钱了,供学生念书,给老人治病,就连生个孩子也得花上个三千五千的,对于村里普遍年收入两千元的家庭来说,无论做哪件事都杯水车薪。

大青山的苹果真是好吃,甜脆可口,余味醇香。

自从一位客商说,只要能把苹果运出去,有多少他要多少,刘海山就带着全村的男女老少,动手修路。没有资金,他们就动用人力,农闲时节，村民聚在一起，年轻力壮的人劈石修路，妇女儿童送水送饭，给自己修路，没有人计较干多干少，穷了几辈子，如今有人带头，村民们越干越起劲。

刘海山站在院子里，夕阳下的大青山横亘绵延，神秘悠远。

最近，刘海山总觉得耳朵邪，一静下来，就能听到苹果熟透后，落在地上的声音，那声音不大，却吧嗒吧嗒地敲击着他的耳鼓。

老伴做好饭菜，喊他进屋吃饭，知夫莫若妻，老伴说："听说老张家小顺子就是设计图纸的，不知道他能不能帮上忙。""你说的是那年考大学，没有路费，全村人帮忙凑钱的老张家小顺子吗？"刘海山瞪大眼睛问老伴。老伴点点头说："是呀。""怎么不早说。"刘海山放下筷子，穿上鞋，迈步出了房门。"饭还没吃完呢！你要去哪？""去老张家要地址。"一句话还没落地，就随着背影一起消失了。

青山倦鸟，暮色四合，村子里一片静谧，远处传来几声狗叫，然后，村子又归于平静。

就因为顺子妈说，村里人去城里，别去单位找他。一句话让刘海山七询八问，好容易才找到顺子居住的小区，保安帮着按门铃，刘海山才和顺子见了面。

顺子略微发胖，儒雅的样子已经是个地道的城里人。大房子装修得很气派，屋地连点灰尘都没有，干净得让刘海山觉得，仿佛进了城里的大宾馆。到底是读书人有出息，刘海山想，一定要把他作为榜样，给村里的孩子们讲一讲。

顺子媳妇接过刘海山拿来的鸡蛋，热情地把他让进屋，"叔，屋里坐，这可是稀罕物，顺子，快倒茶！"趁顺子去倒茶，刘海山把自己那双沾着泥土的鞋放在门外，顺子一回身，又把鞋拿进屋里来。

刘海山喝了口茶水说："顺子，你也不是外人，我今天就开门见山了。"顺子点点头。"咱们村里修路，如今需要在大青山下挖条隧道，这是大事，不能蛮干，村里穷你也知道，拿不出钱请人设计，你看能不能帮村里这个忙。"

顺子的手指磕着茶几，沉思片刻说："刘支书，这是好事呀！可是这么大的事，我一个人承担不了，需要专业的设计才行。"

刘海山觉得有点囧，沉下心思细想，顺子这话说得也对，毕竟这么大工程，不是个人能做得了的，是自己想简单了，真不该这么莽撞，给人家添麻烦。

一杯茶喝完，刘海山准备起身告辞，还没等走出门，一位自称是康百万的人来访。顺子赶忙握手寒暄，热情的样子，让刘海山觉得有点过。康百万的眼睛越过顺子，在刘海山的身上逡巡了一圈，顺子转身把刘海山领进卧室，随手关上了门。

隔着一扇门，刘海山隐隐听到他们说别墅、修路、两万元……最后说的是，钱你不用担心，只管好好设计就行了。

刘海山越听心越凉，什么需要专业设计，都是推脱之词，如今是金钱的社会，自己却要拿感情来说事，真是不自量力。

刘海山离开顺子家时，顺子媳妇留他吃完饭再走，刘海山冷着脸说："我是农村人，城里饭吃不惯，不如自家白菜土豆好吃。人呐，不能进城就忘本。"

一句话把顺子两口子噎得杵在那里，忘记关门。

苹果熟透的越来越多，吧嗒吧嗒的落地声，敲击着刘海山的耳鼓，此起彼伏。

他来到大青山的山坳处，把地形重新看了一遍，要想从这里剁山，以村民们的力量，要几辈人才能完成，刘海山摇摇头，放弃了这个想法。

愁眉不展的他下了山，向新修的路走去，这几年除了村部，他去的最多的地方，就是这条路了。每延长一部分，村民们就会高兴好几天，离目标越近，希望越大，村民们热切憧憬着与外界贯通那一刻，山里人想法少，这件事已经成为他们最大的奢望。

可是，如今……

突然，刘海山听见一阵机器轰鸣声，顺着声音望去，路边有一群人，聚在一起研究着什么，还有几台机器，正在工作，这些人和机器，看起来都很正规的样子。自己除了去趟城里，再也没和别人接触过，谁能主动帮着村里修路呢？

走近一看，刘海山十分吃惊，现场有顺子，还有康百万！

顺子见到刘海山，笑着迎上来，"刘书记，上次你走得太匆忙，有些话没跟你说清楚。我妈给我打电话，说你要来找我，我就把康老板请去了。康老板是知名企业家，非常热衷公益事业，我把咱们村里的情况和他说了，特别是你带领村民修路的事，他听了很感动，说愿意出钱，帮咱们村里修路。"

"原来是这样啊！"刘海山有些恍惚，"那别墅和两万块钱是怎么回事？""康老板吃过咱们村的苹果，他打算等路修好以后，在村里盖座别墅，闲暇时间，也过一下侍弄果树的田园生活。至于那两万块钱是康老板交给我们单位，设计大青山隧道的预付款。"

山上的果子比往日更红火了，刘海山环顾四周，山峦起伏，苍茫悠远，大青山里还有很多宝藏，等着往山外运呢。

刘海山思忖着，明年就听不见果子落地的声音了。

一朵文字，落地生香

在这个奇寒的冬日里，听我讲一段温暖的故事。

了然，江南女子，抱恙在身，坐在轮椅上的她，却在烟火红尘里写出清凉文字，一箪食，一豆羹，生活况味竟也写得清风朗月，纤尘不染。若你有缘遇见她的《岁月缝花》，恰巧你又是个喜欢文字的人，那么，你且就一杯香茗半盏渔火，细细品味吧。

与了然相遇已有几年光景，走进了然空间，便被她的文字吸引，玲珑心写剔透字，唯美古风，人间了得。初相遇并没有多少来往，只是常去欣赏她的文字，慢慢知道她的身体状况，每逢阴雨天气，会被病痛折磨，渐生怜爱，越发喜欢这个细腻坚强的女子。

一天，了然在空间说自己可以驾驭文字了，我同她一样开心。此时了然的文字，已是锦上描，水中绘，唯美，灵秀。

时间总是忙碌，我陀螺于家庭、工作和孩子之间，偶尔与了然言语几句，知她安好便也安然。偶见了然文字凄然的时候，便和她碎碎念，开导她，我们之间便有了久别重逢的感觉。人与人之间的缘分，冥冥之中自有安排，久违的遇见更是一壶陈年老酒，酝几许深邃，酿几许芬芳，嗅之，品之，其味浓郁。

母爱是人间大爱，了然的母亲更是可亲可敬，年岁大了，依然照顾了然的生活起居，了然的字里行间中，透露出很想为母亲做点什么。这样一个懂得感恩的女子，更让我想为她做点什么。

2015年11月，了然说她要出书了，欣喜之余，我决定要出一份力，帮助这位我心仪多年的江南女子。

小镇有墨，字字生香，书子便是帮了然实现梦想的人。她帮助了然出书，宣传，这个大气端然的女子，聪慧且温暖，用爱心把大家凝聚起来。在多次买书和邮寄过程中，我和她慢慢靠近，直到这个才华俊美的女子住进我心里。岁月向前，我们在如流的时光里遇见，解读着惺惺相惜。

《岁月缝花》不仅是了然的孩子，同时也是一群人的孩子。书子帮忙邮寄，每一本都附着书子的手写信，俊秀婉约，蕙质兰心。还有阿信、微微、阿狸、小杰等人帮忙制作的手绘书签，玲珑可爱。

一本《岁月缝花》，聚天下有爱之人。第一批购书的人，大部分是书子和了然的朋友，在并没有看到书的情况下，欣然下单，目地是想减轻出书压力。这些最初买书的人又为《岁月缝花》代言，宣传推荐，然后是朋友的朋友，就像石子投入湖心，一份人间大爱四散荡漾，辐射到全国各地。

五十本，三百本，五百本……书的销量直线上升，大家都知道，如果卖出成本之后，剩下的钱就是了然的书稿费了。能养活自己，能孝敬妈妈，一直是了然的心愿，虽然不是正规出版，但是销量却毫不逊色。

在这样寒冷的季节里，一群温暖的人们，正做着一件无比简单而美好的事情。

我的一位朋友说，了然很了不起，必须支持，帮我买两本吧，一本我自己留着看，另一本送朋友，一定要挑一个能看懂了然文字的人，要不然可惜了这些文字。我的一位老师，平时有来有往，我送给他一本《岁月缝花》，但是他知道了然的境况后，坚持要自己付款，他说算是对了然的支持。好姐妹说了然不简单啊！我们身体好的人尚且虚度光阴，和她比，我们是在浪费生命呢。

是呀！一扇窗子里的世界尚且如此丰满，我们这些可以满世界跑的人，有何颜面得过且过呢？《岁月缝花》深受大家喜爱，不仅是了然文字美，还有文字以外自强不息的精神。

书子建了一个《岁月缝花》读书群，群里的每个人都是一本书，经翻，耐读。在这个群里，你可以学到很多东西，可以改变人生的看法，甚至，可以考虑重新规划人生。

"一叶兰州，拈花润墨，引风入骨，水墨丹青里，共一场天荒地老……了然之间，你是我最美的遇见……"

每次读《岁月缝花》都很感动，被自己也被一群有爱的人感动。

一朵文字，落地生香。

写给那个即将远行的孩子

总有回家的人,总有离岸的船。

孩子,你很快就要去远方了,和你说声道别,祝你一路顺风,事事如意!

他乡,山高水远,这一去,要很久才能回来,一人在外,好好照顾自己。亲人不在身边,诸事亲力亲为,既要谨慎小心,又要快乐开心哦!

一直以来,你都是一个坚强独立的孩子,正是这股韧劲和不服输的劲头,才取得了这么好的成绩。看着你一路走来,比别人付出了更多努力,孩子,你是好样的,我为你骄傲!

虽然我是你的长辈,但我们一直是朋友,对你要比别的孩子花的心思多,除了你比较优秀以外,还因为我们有缘分吧。

孩子,就要远走他乡了,有些话,我想对你说。

要开心。人这一辈子,说来很长,过起来很短,看看你,二十多年不也过去了吗?这生活呀,高高兴兴是过,愁眉苦脸也是过,与其忧郁苦闷，还不如开开心心好了。所以，今后无论遇到什么事，都要想着，苦难总会过去，明天一切都会好起来。学会了快乐，也就拥有了坚强，孩子，有些快乐是自己给的。

要包容。这个世上，除了最亲近的人，没有人会愿意无条件，心甘情愿地付出。凡事也要替他人着想，每个人的处事方法不同，世界观也不一样，所以要学会换位思考，将人心比自心。学会了这一点，面对生活，你就会有乐观的心态，能收获到丰厚的友情和良好的人际关系。

要放下。孩子，这是我要特别和你说的。每个人，都有一个记忆的背包，里面装满了回忆，孩子，临走之前，把它放下吧，放下那些不幸的记忆，放下那个叫作恨的东西。不要让它成为你人生前行的牵绊，不要让它成为你今生心灵里的沉重负累。无论亲情还是友情，都需要用心经营，你付出了温暖，就会得到爱，这一点，请你相信我。

一直希望你能快乐开心地走，去崭新的地方，开始你无忧无虑的生活！

总有离岸的船。就要离开家了，特别舍不得你啊！在家千般好，出门事事难，一个人出门在外，要照顾好自己，虽说冷暖自知，添衣减被的，不要大意。还要注意安全，不求你光宗耀祖，只愿你平平安安。年节时或者不忙了，要多多联系，哪怕是只言片语，知道你平安就好。

总有回家的人。孩子，想家想得紧了，就回来看看。外面的风浪再大，这里都有你的港湾，累了，就回来歇一歇，记住，这里是你的家乡，有你的亲人，我们心甘情愿地敞开怀抱，等你回来。

孩子，很欣赏你的独立。人生的重要一步就要迈出了，前路有朝阳，也有风浪，不要怕，我会一直看着你，为你加油。

走吧，孩子！

别把日子抱怨成一地落花

一

前两年,我们搞班级聚会,毕业 10 年了,大家都十分想念。

我负责召集韩丽。韩丽是我同桌,上学那会儿形影不离,同吃同住,结婚后,各自忙碌,联系得少了。

电话通了,我异常兴奋,真想和她畅谈一夜,不醉不归。

电话那头,她听见我的声音,也很高兴,但是提及同学聚会,她的语气就不同了。她说自己生活得并不好,家庭妇女的形象还是不聚了。

我劝她:"大家都一样嘛,我们是叙旧,又不是去攀比,想那么多干吗?"

"你可是站着说话不腰疼,你有好父母,帮你找工作,你命好,又找了个好老公,我可没法和你比。我算是班里最差的,不去丢人了!"

说罢,挂断电话。

我无语，我的工作是凭本事考的好不好，我老公做事也鸡毛蒜皮行不行！算了，不聚拉倒！

聚会那天，韩丽果然没来。

大家说建个群吧，方便日后联系，把韩丽也加进来，看看她有什么困难，大家帮一下。很顺利，我加了她，把她拽进群里。

起初几天，大家一起谈及过去，满满的回忆，聊到现在时，她的话语就不同了，不是抱怨自己命不好，没工作，就是抱怨老公无能，挣不到钱，甚至她家的小花猫也没邻居家的猫好看。

刚开始，大家都安慰她。

"生活都一样，多看看好的一面，大家都不容易，乐观点……"

可是她并不觉得大家是安慰她，慢慢地还有了"站着说话不腰疼""你们是在笑话我"之嫌。渐渐地，她在线，大家就不说话了。

她大概品出其中的味道，主动退了群，转战到朋友圈，她发的消息更让人添堵，"水龙头漏水啦！修理工怎么还不到！""怎么又下雨啦！烦死了，心情灰灰的！"

搞得我的心情也是灰灰的。后来，我索性不看她朋友圈，不知什么时候，她默默地删了我。

二

邻居家嫂子住在很远的地方，每年回来一次，奇怪的是她很喜欢我，每次回来都要和我拉拉家常。

据她家里人说，她对我印象极好，说我善解人意。其实，我哪有善解人意呀，因为她每次回来都给我带豆面糕，吃人家的嘴短，我自然也就得豁上心肝肺，洗耳恭听她的唠叨。

她像一个前世受尽委屈的人，唠起嗑来就抱怨个没完。

"来时车上的人可真多，吵死了，不在家待着，都出门干啥？"

"我儿子一直都没找到工作，就怪他那个无能的爹，让他送点礼，像能把他杀了似的，老了，我看他指望谁养？"

日子就这样一年一年在她的抱怨声中过下来，儿子依然没有找到工作，年龄大了，还没娶到媳妇。有一年，她带着儿子回来了，儿子年纪不大，却整日蔫头耷脑，不爱说话，也没个生气，秃头谢顶的，像个小老头。

前几日，邻家嫂子又回来了，听说她老公下井干活，被石头砸伤了腰，瘫痪在床，她这次是回来借钱的。

这次她和我唠嗑没有抱怨，而是哭了。

"你说，这不活要人命嘛！这得花多少钱呐，就怪那死老头子，脑袋上那石头都松动了也不知道跑，人家都躲过去了，就他被砸到了。这个挨千刀的，自己不能挣钱了，还给我撂下一堆饥荒。"

看着邻家嫂子不到五十岁就有了老相，头发花白，皱纹深陷，我不知道是该同情她，还是安慰她。这次，邻家嫂子没给我带豆面糕，我给她塞了500块钱。

三

好友米粒活泼开朗，貌美如花，找了个老公人品极好，生了个大胖小子，人见人爱。米粒老公开了个饭店，他精于算计，人缘又好，几个招牌菜都是他亲自上灶，口味独特，远近闻名，买卖越做越大，日进斗金，一家人小日子过得其乐融融。

可能是人家米粒生辰八字占得好，生活过得要多幸福就有多幸福，成为我们羡慕的对象。

但是太阳并没总围着她家门口转，孩子两岁的时候，米粒老公出车祸了，大家帮忙把她老公送到医院的时候，医生说他这条腿是保不住了。

伤养好了，可她老公的心气还没恢复好，整日愁眉苦脸，觉得自己没用了，不愿意面对家人。

米粒没有半句怨言。

她劝老公说："这事也不是谁愿意的，咱摊上了，也是没办法的事，没有什么悲观的，看看你还有我，还有儿子，咱们一家人还在一起，就是最幸福的。"

米粒告诉老公，不能开饭店了，咱干点别的，有我在，吃饭肯定没问题。米粒在家附近租了个摊位，和老公一起卖服装。

每天，米粒都把自己和家人拾掇得利利索索的，米粒说，过日子全在人的精气神，精气神足了，人就快乐了。

我们都觉得米粒说得特在理。

她每天先送儿子去幼儿园，然后再推着老公去店里，米粒负责进货卖货，老公负责看摊收钱。米粒勤快能干，老公和气人缘好，很快，米粒家的回头客多了，生意兴隆起来。

两年下来，米粒扩大了店面，雇了两个服务员，从前日进斗金的情形又回来了。年底，米粒准备多进些货，让老公在家卖，自己出去看看服装行情，来年租个大店面，干服装批发生意。

米粒老公说自己有福气，娶了个漂亮能干且懂得事理的姑娘，要不是米粒整天乐呵呵地鼓励自己，自己恐怕早就自暴自弃了，这个家也早就散了。

生活难免山寒水瘦，跌到了，爬起来，有问题，想办法解决，事情就这么简单，别把日子抱怨成一地落花。你若盛开，清风自来，每一个人身上都有强大的气场，你要相信，幸福总是与快乐有关，美好的总会遇到美好。

不要用你的思想绑架我

1

敏曾经是我的发小，念初中时举家搬迁，到了很远的城市，我们再也没有见过面。如今网络发达，通过她的亲戚，我们互加好友，当年那股子亲热劲儿隔着手机屏，瞬间呼啦啦迎面扑来。

从离别后的经历谈到各自的家庭，我们像失散多年的姐妹，边说边流下了激动的泪水。她说要不是离得远真想和我抱一下，我说有空聚一下吧，这么多年，心里一直挂念着呢。

我们在网上断断续续地聊着，仿佛把这十几年的离别都补回来了。

不久后，我的单位精简，以我勤勤恳恳的工作态度，敌不过领导游手好闲的小舅子，我成了无所事事的人。按理说这种事已经见怪不怪了，可是我还是忍不住气，在网上发了几句牢骚。

敏立刻给我留言，劝我想开点，有发小开导，自然感觉暖暖的，心里的一片天也开始澄澈起来。但是我很奇怪,为什么我在网上发消息,她总是第一时间留言,难道她24小时都抱着手机上网吗?

我把疑惑和她说了,她笑着说:"傻妹妹呀,我在网上卖化妆品,所以必须天天挂在网上,我是在工作呀。""原来是这样。"敏接着说:"反正你现在也没有工作,不如跟着我卖化妆品挣点钱吧,可别小看这网上的生意,只要人勤快,方法得当,收入很可观呢!"

勤快,我可以呀,多宣传,为顾客做好解释工作,接到订单,及时发货,这些我都可以做到。她说我可以做她的会员,从她那儿拿货,我们俩加在一起,数量多,价格有优惠。她说带我赚大钱,出于信任,我很快从她那儿快递了一批货。

平时我的人缘特别好,再加上每次发广告,我都精心加上一些很美的文字,网友看了都非常喜欢,他们说就冲你的美文,也要买你的化妆品。有人喜欢,我自然诚惶诚恐,感恩地维护着这些朋友的感情。

那一阵子,我的化妆品卖得特别好,我心里就想,敏可真好,肯带着我赚钱,一定要好好感谢她呢。

过了段时间,我的生意逐渐冷下来,这也正常,化妆品总得用一段时间。敏看我卖得不如从前了,就催我在空间多发广告,我说:"发得多了,朋友会烦的。""你的业绩上不来,不发怎么办。"我说:"钱慢慢赚嘛,不要着急。"她生气地说:"你就不是做生意的料。"

过了一个月,我的生意还是不温不火的,她就着急了,教我每天在朋友圈里群发广告,找认识的朋友,天天向他们推销,她说"把他们说得不好意思了,我们的生意就做成了。"我说:"你这样不是逼着人家买东西吗?"敏说:"不这样你怎么赚钱。"

这样的钱我宁愿不赚,我不理敏,她最后回我一句话:"从你身上我就没赚到多少钱,真后悔当初拉你进来!"我没回她,直接拉黑。

时间改变了一切,当初的友谊还青葱翠绿地停留在原地,一路行走的心却蒙上了灰尘。都说君子爱财，取之有道，不要用你思想绑架我的尊严，道不同，不如就此一拍两散。

2

家乡有温泉资源，最近几年有很多投资商来搞开发，建了一些楼房，人们生活好了，开始重视养生，很多外地人来这里疗养，还有的买了房子，打算长期居住。闺蜜看到了商机，准备买个门市房出租，她把这个想法和老公说了，没想到她老公立刻站出来反对。

闺蜜的老公是个山沟里长大的孩子，性格内向，言语不多。父母供他上学省吃俭用，因此他养成了节俭的生活习惯。毕业后找了份轻松闲适的工作，到点上班，准时下班，单位里没有朋友，也没有不良嗜好，最喜欢做的事就是下班回家守着电视看球赛，或是追电视连续剧，这种几乎封闭的生活一过就是十多年。

闺蜜的老公说："门市房那么贵，靠吃房租得20年才能回本，你脑子进水了！"闺蜜气急败坏："怎么能这么看，这房子还有很大上升空间，房租也可以逐年增长，你用发展的眼光看问题好不好。"她老公一副不容置疑的口气说："投那么多本钱去冒险，你这是在做傻事。"

两个人争吵起来，闺蜜说以这几年自己搞经济的眼光来看，买这房子稳赚不赔，她老公却认为未来的事，谁也不能跑前面去看看，再说了两个人都挣工资，钱够花就行，还折腾个什么劲。闺蜜认为人活着不能安于现状，应该找到自我存在的价值。她老公则认为她不去冒险就是赚了，这就是她存在的最大价值。

夫妻本是同林鸟，一个人争取来的"荣华富贵"，不要也罢。三年以后，那房子翻了三倍，房租也从每年两千涨到三万。

闺蜜从老公的拒绝成长的惰性思想中败下阵来，她果断实行经济独立，从娘家那儿借了一部分资金，利用业余时间，从小店面做起，开了一家美容院，由于闺蜜勤奋好学，接受新鲜事物快，生意异常红火，店面很快升级。

每个人的思想高度不一样，一个身在职场，身经百战，阅人无数的人，跟一个周而复始，经年累月生活在一个小圈子里的人，想法当然不同。用后者的想法去看待前者的决定，肯定水火不容。闺蜜的老公用自己狭隘的想法束缚了闺蜜的行动，结果被现实狠狠地打了脸。

3

我朋友圈里有一位文字牛人，她的文章经常被中学试卷拿来做阅读理解试题，因为用得多了，她也司空见惯了。

有一天，一位中学生在朋友圈里找到她，说有一道关于她文章的试题，全班没有一个同学答对的，只好千方百计找到作者，希望得到正确答案。她仔细看了这道试题，问作者在写这段文字时，心里是怎样想的？怎样想的，她哭笑不得，我当时什么都没想呀，顺着思路写下来，水到渠成，就是这个样子呀。她对中学生说："难为你了，这段文字能出现这样的考题，真的不是我本意，正确答案是，我当时什么都没有想。"

为了避免出现类似的问题，这位作者把这件事放在了微信朋友圈，以此警告那些不明就里的出题人。很敬佩这位作者能说出心里话，给孩子们一个真实的答案，也教会孩子们要有独立的思想。

相反，那些出题的人用自己的妄想加揣测，认为作者写这段文字时，一定会有什么想法，其实，这只是他自己的想法而已。出题人把自己的思想强加给别人，不仅难为了孩子们，还闹出了笑话。

人的思想维度不同，对待同一事物想法也就不同。有一首歌唱得好，"你不是我，怎知我痛。"既然你不是我，与我的喜怒哀乐做不到感同身受,你有什么权力凭空想象我是对的还是错的。既然你不了解我的所思所想,更不知道我有怎样的灵魂,所以,请不要用你的思想绑架我。

  在这个世界里,每一个人都是一个独立的个体,有着独特的思考能力,任凭怎样亲密的关系,也不要左右别人。我们每个人需要做的是提高自己的思想,尊重彼此的灵魂。我的世界,我做主。

奔跑吧，幸福的巧克力豆

米德是新西兰一家巧克力公司会计，最近有一件不太好的事，就是他的公司快要倒闭了。

周一早上，米德照例早早来到公司上班，今天公司居然收到了一笔捐款，米德很奇怪，谁会给一个将要倒闭的公司捐款呢？接下来的事更让米德惊奇，第二笔、第三笔……捐款源源不断地汇来。

这家公司在小镇刚成立时，米德就在公司打工，做到现在算是元老级别了。刚开始，小镇的人们并不知道巧克力是什么东西，产品几乎无人问津。没有效益，公司实在挺不住了，老板无奈地说："把巧克力带回家分给孩子们吃吧，大家明天不用来上班了。"

米德回家后，把巧克力递给儿子时，儿子说："漫画书上说这种东西挺好吃，我试试吧。"儿子顺手接过放进嘴里，过了一会儿，儿子瞪大眼睛，带着无限满足说"太好吃了，爸爸，我还要一个！"米德又递给他一颗，他同样吃得津津有味。

米德灵机一动，难道孩子们爱吃这东西，他赶紧把剩余的巧克力拿给儿子，让他带给小伙伴们吃，结果这一试吃不要紧，小伙伴们也非常喜爱，一传十，十传百，镇上的孩子们从此爱上了巧克力。

公司很快红火起来，老板常对米德说："应该感谢镇里的孩子们，是他们救活了厂子。"米德也由普通员工晋升为会计。

小镇里有一条街道，就是著名的鲍德温大街，它的倾斜角度为35%，全长350米，被吉尼斯世界纪录大全认定为世界上最陡的街道。小镇因此而闻名，很多外国游客到这里参观，络绎不绝。由于倾斜角度大，走上去的感觉很特别，这里也成了孩子们玩耍的天堂，他们有挥霍不完的朝气和活力。

随着这条大街知名度提升，来此旅游的人逐年增多，巧克力公司的效益也越来越好，为了寻求更广阔的天地，米德建议老板把公司搬到大城市寻求更好的发展，但是老板拒绝了他的提议："我们能做大，跟小镇人们的支持密不可分。我已经舍不得离开镇上这些孩子们了。"

后来公司被吉百利公司看中，注资收购。老板是个懂得感恩的人，他和米德商量着，如何回馈镇上的孩子们。2002年，一场著名的"巧克力奔跑大赛"出炉了，大赛准备了上万个巧克力豆，巧克力豆都从鲍德温大街顶端倾泻而下，跑在最前面的15个巧克力豆的主人，可以得到丰厚的奖品。公司宣布所有赛会收入，都会在大家的监督下捐给慈善机构，用来救助重症儿童，还有无家可归的老人和孩子。

孩子们早早等在比赛终点，看万千巧克力豆奔涌而下，欢呼雀跃，激动地喊着自己的号码，所有人都沉浸在这片欢乐的海洋，生病的孩子和流浪的人们，暂时忘记了疼痛和凄苦，阳光温柔地照在每一张灿烂的笑脸上。

这样一场比赛受到大家热烈欢迎，其火爆程度超出米德和老板的预料，到了去年，已经有一万五千人参加进来，而且在过去的15年里，这家巧克力公司共计筹得善款90万纽币。

2017年年初，由于这几年物价飞涨，再加上金融危机的影响，公司效益日益下滑，再加上独立承办"巧克力奔跑大赛"，只赔不赚，公司又亏损了不少，很快面临资金链断裂，公司倒闭的局面。老板告诉米德，尽最大努力来办"巧克力奔跑大赛"，哪怕这是最后一届。

尽管老板和米德带领员工，想尽各种办法，努力维持工厂运行，但是，就在"巧克力奔跑大赛"来临之前，举步维艰的巧克力公司不得不宣布破产。老板非常难过地给小镇人民道歉，"实在不好意思，经营不力导致公司破产，最遗憾的是持续15年的巧克力豆大赛，要和大家永远地说再见了"。

人们知道公司破产了，非常难过，这就意味着巧克力大赛就此终结了，想想过去15年，巧克力大赛不仅带给人们欢乐，还救助了很多人，大家说："一家有良知、有善心的公司，不该就这么倒下去。"小镇人民开始自发募捐，一元，两元，三元……短短24小时，人们自发筹集了738万，第二天，这一数字更是达到惊人的1500万。一个破产的公司被救活了！老板信心百倍地宣布：工厂很快正常营运，今年的巧克力大赛如期举行！

懂得感恩的人，运气不会太差，这世界终将以温柔相待。

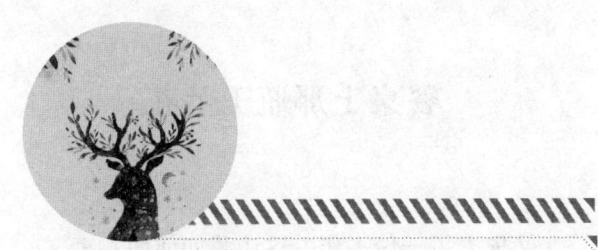

第二辑　爱可以让你内心宁静

餐桌上那瓶玉兰花

又失去了一份工作,这让我如何面对静文。

这是今年的第三份工作了,我干吗要和老板吵架呢?不就是他蒙骗人吗?又不少给工资,我这是何苦呢。再说了,不是答应了静文,"君子如水,随方就圆"的吗?哎,我恨透了自己的犟脾气!

我和静文是青梅竹马,一起上学到高中毕业,经历了情窦初开,虽然大学我们一南一北,但距离从未影响到感情。我是爱静文的,特别爱看她笑,眉眼弯弯,酒窝甜甜。

毕业后,我们来到离家乡不远的城市,一起打拼。陌生的城市,陌生的人,两个来自农村的孩子,一切都要靠自己,打拼起来势单力薄。

我家里太穷了,父亲常年有病,母亲靠种粮食和养猪赚钱,供我读完大学,再也无力送我一程了。虽然我和静文相爱多年,但我却不敢提结婚的事,因为我实在拿不出钱,哪怕是一座房子的首付。

好在静文是个通情达理的女孩,她从来没有在钱上为难过我。她很顺利地在一家医院找到工作,工资不高,但很稳定。我则四处应聘,却没有一次能坚持长久。

静文说为人处事要学会随方就圆，我则说男人应该宁折不弯。

静文冷着脸瞪我，我立刻臣服，我觉得，这辈子她都是我的软肋。

一天，静文急匆匆地找到我说："我们单位食堂搞承包，需要交十万块钱，我觉得机会难得，和你商量一下。"

我为难了："十万块呀，我们去哪里弄这么多钱？"

静文说："没关系，我攒了六万块，剩下四万我回家和我妈借。"她说得轻松，我一阵羞愧。

"但是本钱这么大，万一赔了怎么办？"我不禁担心起来。

"不怕，让咱们父母来帮忙，可以省下一部分钱。另外，我们俩精打细算，凡事多操心，应该没问题。"

好吧，背水一战，毕竟我们的确需要钱。

我们的父母都来帮忙了，她母亲管理钱财，她们家出了钱，管理账目也无可厚非，但是她拿回了四万块钱之后，仍然把着钱不放手，我母亲就有点不愿意了。我劝母亲，都是一家人，不要太计较。

两年后，我们赚了三十万。那阵子，我和静文最高兴的事，就是看存折上的数字不断变化。

情人节那天，我陪她逛街，她很满足，小鸟一样依偎在我胸前说："我看到了一个漂亮的餐桌，等我们有房子了，一定要把它搬回家，摆上彩瓷花瓶，插上几朵玉兰花，我要看着花吃饭。"她仰着头，完全是一副陶醉的样子。

手头阔绰了，几个要好的哥们，常来约我出去吃饭。钱是血脉，这话说得真没错，有钱之后，我觉得自己格外涨精神。男人之间最喜欢聊的就是车，哥们看我还没有车，就鼓捣我买一辆，是呀，如今的男人谁还没有辆车开呀，按照我们现在这进账速度，车子和房子很快都会有的，只不过是时间问题。

禁不住哥们劝，我回家把这个决定和静文说了，静文当时就不愿意了。

"没有自己的房子，住在哪儿都像在流浪，先买房子吧。"

我据理力争："房子会有的，不过就是时间问题，我想先买辆车，开着也方便。"

静文依然不同意，我们俩吵了起来。

争吵声引来了双方父母，静文父母和她意见一致，主张先买房子，我父母则认为买房子是迟早的事，其实，他们是想让我在外面闯有点面子，免得被别人小看了。

四个人的争执乱成一锅粥，当我母亲终于忍不住，指责她父母过度干预我们的钱财时，争吵升级，战火蔓延。静文坐在角落里，绝望的表情，欲哭无泪。我心疼地走过去，想要把她抱在怀里，可是她一转身，拉着父母走了。

就这样，我们分手了。

很快，我买了车，但是看着空荡荡的副驾驶，心里就像灌满了凉风。

一天，我参加一个哥们儿的婚礼，新房中，一张漂亮的餐桌上摆着彩瓷花瓶，花瓶里插着几朵玉兰花。恍然间，我想起情人节那天，静文和我说过，要把这样的餐桌搬回家。

我从来没有如此地想念她，她的酒窝，她的笑，她看存折时开心的样子，一帧帧画面蜂拥而至，我忍不住拨了静文的电话号码，等了一会儿没人接，就在我几乎放弃的时候，电话通了。

"静文，你还好吗？"我小心翼翼地问道。

"她今天结婚呢。"接电话的是静文闺蜜。

我拿着电话，几乎和她吼起来："静文今天结婚！是真的吗？"

"是呀，你们分开不久，同事就帮忙介绍对象了，对方条件相当优越，今天正好结婚，就在京津大厦。"

豪华婚礼上，终于看到了静文穿婚纱的样子，可是，新郎不是我。

食堂承包期满，我没有再续签合同，找了一家售楼处，打算一切从头开始。收敛了脾气，我比以往任何时候都要勤奋，接连卖掉几座别墅后，赚到了不菲的提成。

我用手里的钱炒期货，一路做得顺风顺水，完成了原始积累。随后我买下一家工厂，买卖越做越大，除了没结婚，在社会上，我俨然是一位成功人士。

十年后的一天，我被父亲的电话召回县城医院，母亲病了，需要做手术。在医院化验室门口，我看见一个熟悉的身影，"静文！"我试探着喊了一声，她转过身，一脸微笑，除了微微发福外，其他什么都没变。

十年的时间，再相见，彼此之间只有亲切的感觉。"我正替父亲取体检化验单，你怎么会在这里？"我简单告诉她母亲的情况，她立刻跟我去病房。

母亲看到了静文，拉着她手不放，在她们碎碎念念的谈话中，我知道静文离了婚，原因是她一直没有生育，男方出轨，小三怀孕后找上门，指着她的鼻子说"不拉屎就别占窝。"静文一气之下离开了，算是成全，也是解脱。

母亲一边流眼泪，一边心疼静文，我的心里跟堵着块石头似的，坐在一旁发呆。

还有什么好犹豫的呢？第二天，我就向静文表白了，我用了十年思念之苦，为当初的荒唐决定买单，希望静文能原谅我。静文没答应，她说自己是离了婚的女人，而我却年富力强，如日中天，给彼此一段时间好好考虑，毕竟谁都伤不起。

我用两年时间表明了我的诚意，静文终于肯接受我了，结婚之前，静文要我陪她去医院做个检查，看看自己能不能怀孕，她很想为我生个孩子。

检查结果出来了,能不能生孩子已经不重要了。诊断书上赫然写着"子宫癌"三个字。

她平静地接受了手术,出院后,我把厂子卖掉了。我们用了三年的时间,走遍了全国各地,这三年是我一生中最幸福的日子。

在长白山脚下,我们住进了一座民居,打算休整一晚,第二天向天池进发。她洗澡的时候,突然晕倒了,身体撞击地面的声音从浴室传来,惊得我目瞪口呆。来不及思考,我冲了进去,抱着她直奔医院。

医生告诉我,静文的癌症再次复发,而且无力回天了。

我们没有再去医院,我把静文接回家。我新买了餐桌,放上了彩瓷花瓶,花瓶里插了几株玉兰花。

尘世里的一场修行

1

李太平是个好人，憨厚温和，宽以待人。

我再次见到他是二十年之后。

周末休息，我打算上街修双鞋，在老百货大楼的街角，我看到了一个新鞋摊和一个旧身影，莫非李太平又回来重操旧业了？

二十年前，我还是个小女孩，坐在妈妈自行车后座上，总能看见百货大楼街角，腿脚不大方便的李太平，坐在板凳上，低着头认真修鞋的样子。

妈妈也经常带我到他摊上修鞋，他总是很和蔼，笑着和我们说话，那语气和幼儿园的老师一样可亲。

有一次，我因为数学没考一百分而垂头丧气，他拿出一颗糖，剥开给我吃，就打那时起，我记住了他。还记住了他粗大的手指和关节处裂开的缝，缝里黑黝黝的，犹如填满煤灰的沟渠。

妈妈说，当年李太平在下班路上，偶遇火灾，冲进火海里救人时，被倒下的门框砸断了腿，落了残疾，从此只能以修鞋为生。

出于好奇，我走上前去，可能是刚摆摊不久，没有什么活，李太平见我走过来，憨憨地朝着我笑。

"今天休息吗？"出乎意料，他竟然记得我。

"大爷，您还记得我呀！"

李太平笑起来，"当然记得，你笑起来和你妈妈很像。"这句话说出来，我打心眼里认为，我们是相识多年的老朋友。

"你妈妈身体还好吧？"

看着李太平关心的眼神，我低着头说："妈妈几年前癌症去世了。"

"噢。"李太平语气暗下来，"你妈是个好人呀，每次修鞋都多给我钱，还把家里的饺子带给我吃，可惜她走得太早了，还没来得及感谢。"

我说："你们都是好人。"

2

我问李太平，这么多年去了哪里？如今怎么又回来了？

他沉吟片刻。讲起了这二十年发生的事。

自打落下残疾以后，李太平就不想拖累别人，一直单身，直到四十岁的年纪，朋友帮他在邻省介绍了一个对象，前两年死了丈夫，独自拉扯着三个儿子，日子过得挺艰难。

本来李太平是不打算去相亲的，拗不过老母亲一再催促，他知道，母亲怕自己走了，李太平老了没有依靠。

为了不让母亲伤心，他敷衍着去相亲，哪知道去了女方家里，看到屋里院里一片狼藉，娘儿几个吃穿都成问题，李太平心软了。虽然自己也是个残疾人，但是靠修鞋赚钱，起早贪黑，多辛苦点，给娘儿几个挣口饭吃应该没问题。想到这里，李太平答应女人不走了。

拖着一条残疾的腿，李太平早出晚归，尽可能多接活，中午吃一个自家带来的馒头，喝几口水，凑合一下就过去了。回到家里，女人心疼他，偶尔做点好吃的，李太平都夹到孩子们碗里，说小孩子正长身体，需要营养，女人的眼泪就吧嗒吧嗒落进碗里。

三个孩子慢慢长大了，上学的开支让这个家庭捉襟见肘，女人把赚钱少的工作辞了，去工地当小工，尽管累，但工钱多。

李太平在修鞋摊旁又放了一个小车，卖些日杂用品，他的东西比别人价格低，用李太平的话说，咱毕竟不是大商场，来捧场的都是熟人，少赚点，心安。

日子一天天过去了，一家人虽然过得风雨飘摇，但老二的学习成绩却着实让李太平和女人高兴。

说起来也奇怪，一母生九子，老大和老三顽劣出奇，平日里总是做些出格的事。李太平作为继父，不好管理太严，女人整天忙着打工，回家又要洗衣做饭，对孩子也是疏于管理。但是，老二却非常懂事，不仅学习上不用操心，放假还帮着李太平卖小货，收摊回家时，他会麻利地赶在李太平之前把一切收拾好。

老二言语不多，平时闷声不响地做事，但李太平总觉得老二最贴心。

老大和老三初中毕业就辍学了，好吃懒做，还时常惹事，眼气别人家里有车有钱，时常回来骂母亲和继父无能，逼着他们掏钱。

李太平把钱偷偷藏起来，留给老二交学费，结果还是被老三发现了，不但拿走了钱和存折，还对李太平拳打脚踢，说李太平背着他藏私房钱。

女人看不下去了，大喊着："你个没良心的，不许打你爸爸！"

老三轻蔑地看了李太平一眼说："他不是我爸，要是我爸活着，我们不会过得这么窝囊！"

李太平冲女人摆了摆手，示意她别再说了。

李太平一心想着把老二供出去，为了孩子的前途，他什么都能忍。

老二真是好样的，不仅考上了一流大学，而且年年都拿奖学金，再加上寒暑假打工，这孩子的费用自己就能补贴一半。大学毕业后，老二又争取到公费留学的机会。

老二临出国前，李太平消失了好几天，说是回老家借钱去了。

没有人知道，他拿回了钱，却永远失去了右肾。

女人在他换衣服时偶然看到身上的疤痕，暗红扭曲，安静地蛰伏在那里。女人立刻明白了，她一把搂住李太平，哭着说："你对我们母子的恩情，我们做牛做马都还不上。"

李太平拍拍女人的肩膀说："谁让你还啦。"

3

鞋摊上来了一个擦鞋的活，李太平三下五除二，麻利地干完活，接着给我讲他的故事。

就在老二出国后不久，女人病了，到医院检查才知道，已经是癌症晚期，没有希望了。从医院回来，李太平出摊的时间少了，他尽可能地在家多陪陪女人。

老二在国外一边打工，一边学习，基本不用家里补贴了，只是太忙，很少和家里联系。

女人说孩子在外面太不容易了，不要把自己生病的事告诉他。

女人知道自己的时日不多了，和李太平说了不少感激的话，最遗憾的是，不能陪着他走完余生了。女人说，下辈子还要找到李太平，把这辈子欠下的恩情还上。

李太平就笑了，"你下辈子嫁人一定要仔细挑挑，别除了短命的就是腿瘸的。"女人哈哈笑起来。

最后的日子里，女人是带着笑走的。

按女人的要求，没通知远在国外的老二。

女人还没出殡，老大和老三就开始撵李太平，老大指着李太平说："这个家跟你没关系了，你别赖着不走，想霸占房子啊？"

李太平说："你们真是没良心！我只是按你妈的要求，把所有事都料理完毕，满足她的心愿再走，你们也太心急了吧。"

老三把之前抢走的存折扔到了他面前，"你个老狐狸，还挺精，留着密码呢，还给你，快走！"

李太平在附近找了个旅店住下，看着女人下葬后才离开。

他又回到老家，把钱取出来，其实也没多少钱，刚好够他置办修鞋工具和一个月的住店钱。

"哎，老天爷真不公平，为什么就不善待好人呢？"我不禁叹了口气。

李太平笑了，"人呀，来到这个尘世，就是一场修行，修好修坏不说，心安就可以了，不关老天爷的事。"

回家的路上，我还想着李太平的话。

人活一回，不过是一场修行。

我也学着母亲的样子，常常去看李太平，还给他带些好吃的。

他的生意慢慢好起来，照这样下去，他打算五年以后，给自己买个小点的二手房，条件差点没关系，只要有个家就行。

十年以后，老二在国外站稳了脚跟，回来接他出国享福，李太平没答应，说还是国内好，怕在国外出门找不到家。

老二拗不过他，就带着他在国内旅游了一圈，还给他留了一笔养老费。老二对李太平说："您永远是我的好爸爸，如果没有您，也不会有我的今天。以后每年我都会回来，陪您一段时间。"

这之前，李太平已经买了房子，就在我家隔壁，我们相处得俨然成了一家人。

我的眼里只有你

美国人比尔·坎宁安是街拍鼻祖,他五十年如一日,在纽约第五十七街和第五大道的街角,拍摄来来往往的路人,在这些普通人身上捕捉时尚与美。他的拍摄记录了时装的历史,引导时尚界潮流,成为时尚界引导大师。2008年,他被授予艺术及文学骑士勋章。

比尔出生在波士顿,小时候,他把零用钱花在买零碎布料上,做着款式各异的帽子。在那个崇尚英雄人物的时代,比尔这种举动并不被父母喜欢。19岁那年,比尔考上了哈佛大学,大学里的氛围让他感觉无比压抑,两个月后,这个生性倔强的人遵从了自己的内心,他退学了。

退学之后,他在一个租金不贵的阁楼里,开了一家帽子店。他的设计大胆时尚,引来很多人争相购买,包括当时红极一时的玛丽莲·梦露。随着生意越来越好,比尔想大干一场。当他找好了赞助商,谈好了品牌,准备大显身手的时候,他收到了强制入伍通知书。

服役期满,时过境迁,帽子已经退出了时尚流行圈子,不能再做帽子了,比尔感到茫然无措。他的心和人一起四处游荡,穿梭在街头或是坐在街角发呆，看人们熙攘着走过这座城市，其中不乏穿着时尚的人，这让比尔很兴奋，每天在街头游荡成了他最快乐的事。他到摄影师朋友家里做客，看到朋友的照相机爱不释手，他想，如果把那些街头时尚拍成照片，那将是一件很完美的事情。朋友看出了他的心思，送给他一款旧相机，比尔高兴极了。

当比尔在街头第一次端起照相机拍照的时候，街拍就此诞生。能用相机把眼里看到的美和时尚留住，这让比尔感到无比幸福。他的街拍中有社会名流，有普通主妇，只要穿着搭配的品位适合，他都努力去拍。在他眼里，真正时尚的人对穿着是有讲究的，是自内而外的流露，是对自己以及美的尊重。

他用一双善于发现的眼睛，敏锐地择取，用相机记录下那些鲜活的美。比尔说：最好的时装秀一定来自街上。

街拍让他如此执着，五十年风雨不误，哪怕是最恶劣的天气。2012年，台风"桑迪"登陆美国，给美国带来很大损失，到处是折断的大树和大树砸断的电线。纽约全城断电，政府警告市民不要上街。但是，台风并没有阻止比尔的脚步，他依旧带起相机，穿起那件用胶布粘好的旧雨衣，走上街头。在街角处，他被警察拦住，警察误以为他是个疯子，差点被带走，比尔解释说自己是个街拍爱好者，每天上街拍摄已经成为习惯，并翻出相机里的照片给警察看。警察被他的执着感动，劝他还是回家，等台风过境再出来。

他的才华逐渐被发现，《纽约时报》为他开辟专栏，那些照片大量刊登在报纸上，被越来越多爱美的人士广泛阅读。比尔逐渐成为时尚前沿的领军者，他用敏锐而独特的眼光看世界，那些照片里的着装打扮被很多人模仿，穿成了流行。他传递出来的信息，六个月后，就是潮流。时尚界呼风唤雨的人物安娜·温图尔说："我只为比尔盛装，他要是不拍我，那就糟糕了。"

随着比尔的名气越来越大,很多人纷纷效仿比尔,开始街拍,由此,街拍养活了很多人。比尔遵从内心,喜欢的才拍,如果没有看上眼的,他宁愿等待,在他眼里,那些美来得多晚都不算晚。

有一个小伙子也喜欢街拍,他曾自负地和女友吹嘘说,自己拍出来的东西和比尔只差一点点,女友却说差多了,你拍的那些连比尔的小脚趾都不如。这句话惹恼了小伙子,把作品拿到《纽约时报》去验证,编辑们说,你女朋友说得没错,的确差多了。小伙子像泄了气的皮球,却又满心不服气,他决定亲自去向比尔请教。

在五十七街,小伙子找到比尔,说明来意,比尔温和地说,这没什么好学的,一点点天赋加耐心。小伙子听得懵懂,接下来的日子,他天天跟在比尔身后,"偷艺不算偷"。让小伙子吃惊的是,一连跟了20多天,比尔只是站在街头看,并没动手拍,这让小伙子很困惑。

直到第30天,比尔站在一座咖啡店的影子里,眯着眼睛,看到对面走来一对穿着亲子装的母女,只见比尔突然端起了相机,一阵狂拍,那速度,激情而敏捷。母亲看到比尔在拍她们,朝比尔点头,礼貌微笑。比尔走过去,拉着小女孩,开心地把她们送过马路。不久,这幅亲子照出现在《纽约时报》上,小伙子看了半天,渐渐明白了比尔对他说的话。后来,这位小伙子也成为美国街拍界响当当的人物。

他有一颗自由的心,不会因为钱而绑架住自己。他曾拒绝《纽约时报》开出的巨额支票,只拿少量工资供日常开销,比尔一直过着清贫的生活。第一次被邀请去看巴黎时装秀,他自掏腰包,住廉价小旅馆,坐公交车,走了一段路才到。

与当时住着五星级宾馆,开着豪华车的时尚界名人相比,比尔就是个不起眼的小老头,很自然地,他被保安挡在门外。眼看时装秀要开始了,碰巧遇到了梦露,梦露把他带了进去,还好,第一排的位置一直给他留着。这次以后,保安们都认识了这个不起眼的老头,以后再去巴黎看时装秀，一路通畅。

　　比尔住一间很小的房子，吃三美元的早餐，用老式康妮相机，穿一件蓝色破了袖子的工作装。但是，他很快乐！眼里有美，一切都可以忽略。比尔一生独身，不知道他无数次举起相机的时候，是否会有那么一次动心，但从他闪亮的眼神和纯真的笑容里，我们知道他是幸福的。

在斑驳的光阴里相遇

李老太也真是邋遢,长衣服穿在里面,短衣服套在外面,扣子也时常扣窜,衣服扭得像人一样别扭。

李老太的老伴早年去世,一手拉扯大的儿子,结婚三年后车祸走了,儿媳妇收拾东西,带着小孙子改嫁了。

小孙子三年没见面了,李老太看到村里的孩子就想抱着亲,可人家孩子嫌她邋遢,不让抱。有一回,孩子在她怀里哭得直扭,她竭尽全力哄着,孩子慢慢不哭了,仔细一看,那孩子正专心致志地抠李老太衣服上的干巴大米饭粒。

李老太一个人过。

六十五岁的人,不能说精神矍铄,起码也要干净整洁吧,但是她既邋遢,又抠门。

说到抠门,银行的工作人员最有体会,每个月八十五块钱新农保,她按月去领,风雨无阻。

这天,大雪刚停,天冷路滑,李老太如期来到银行,工作人员告知这个月的钱还没到,卡里只有二十五元余额,李老太说:"把那二十五元给我取出来。"工作人员嘴角闪过一丝笑容,虽然很快,但意味深长。

同样意味深长笑着的还有一位老太太,这个老太太浑身上下干净利落,一看就是城里人。这几年本地的温泉资源开发得很好,不少城里人到这儿疗养,城里人与生俱来的优越感和矫情,农村人是看不惯的。虽然银行屋里十分拥挤,但她挨着李老太身后,还是保持着一定距离。

李老太起身按密码的时候,城里老太太一屁股坐了下来,大概是等久了,老太太站得有些累。

李老太接过工作人员的条子,想要坐下来签字,发现位置被人占了,理直气壮地说:"你怎么抢了我的座位,我还没办完呢。"城里老太太不愿意起来,可又理亏,厌恶地瞪了李老太一眼,站起来。

李老太把钱和银行卡小心地包起来,放进兜里的时候,城里老太太也办完业务,两个人前后脚走出了银行。

雪越下越大,路面变得高低不平,被汽车碾过后非常滑。城里老太太走在前面,尽管小心翼翼,还是一个趔趄滑倒了。李老太清楚地听到"咚"的一声,看来摔得不轻。

李老太看到她头上流出血来,滴落在雪地上,像一朵红色的指甲花。"老姐们儿,你怎么样啦?"城里老太太没吭声,过了好大一会,才喘出一口长气,"哎,我的腿呀,可能摔断了!"

李老太倒是有力气,把城里老太太扶起来送进医院。

城里老太太并没有摔断腿,而是扭伤了,慢慢休养一阵子就好了,李老太松了口气。"老姐们儿,给你的家人打个电话吧,我也该回家了。"

"我一个人住。"

李老太叹了口气。

原来她叫云姨,去年老伴去世后,她什么病都来了,反正浑身上下

055

就没有舒服的地方，听说这里温泉好，就买了房子住下来。儿子去了国外，说是定居了，不打算回来。李老太没说什么，搀扶着把云姨送回家。

往后的日子，云姨经常去李老太家，俩人相隔两里路，去的时候，云姨总是带些水果或熟食，在李老太家吃完了再走。

李老太则翻出坛子里的咸鸭蛋，"这鸭蛋新腌的，咸淡正好，可好吃呢，我孙子最爱吃这口。"说着，李老太低下了头，努力吃饭，云姨看见有泪落在饭碗里。

人们惊奇地发现李老太干净起来，银发梳得一丝不乱，衣服穿得有板有眼，就连前大襟上习惯存在的油腻花朵也都不见了，精神开始矍铄起来。

云姨呢，每天两公里地来回走着，身体越来越好，笑容也爽朗起来。

夏天，儿子要接云姨出国，云姨没答应。我哪儿都不去，除了这里，到哪儿还不都是孤独。

三十年后再见白发亲娘

为了保守国家秘密,著名核潜艇之父黄旭华瞒着家人,远离故乡,为中国核潜艇事业贡献青春。若干年后,他才得以公开自己的工作,见到了朝思暮想的母亲。

黄旭华在家中排行老三,父母希望他将来学医,秉承父母愿望,他从小立志成为一名优秀的医生。

抗战爆发后,黄旭华不得不辗转内地,四处求学,却找不到"可以安心读书的地方"。他开始认真思考。"国家太弱就会任人欺凌,我不学医了,我要读航空、造船,将来制造飞机,捍卫我们的蓝天,制造军舰从海上抵御外国侵略。"他放弃了从医理想,考取了上海交通大学造船系。

1958年,黄旭华参与并领导了核潜艇的研究设计工作。刚参加核潜艇工作时,领导找他谈话:"你不能泄露自己的单位、任务,一辈子都要在这个领域,一辈子都要当无名英雄,你若评了劳模都不能发照片,你若犯了错误只能留在这里扫厕所,你能做到吗?""有什么不能。"这一句话,黄旭华恪守了三十年。

他离开新婚妻子，来到荒凉的孤岛上，开始核潜艇研究，当时没有计算机，他带领大家用算盘和计算尺演算庞大的数据，"文化大革命"期间，白天养猪，晚上搞设计，功夫不负有心人，在他的带领下，我国在1964年成功研制出第一艘核潜艇。

1988年年初，黄旭华亲自下水做300米深潜实验。这项实验难度大，世界上十几艘核潜艇在做这个实验时沉没了，其中美国核潜艇"长尾鲨"号在接近300米极限时出现事故，100多人葬身海底。实验前，黄旭华仔细检查艇上设施，确保万无一失，在核潜艇下沉期间，巨大的水压使艇身发出"咔嗒"的声响，听着让人毛骨悚然。但是他镇定自若，从容地指挥大家记录数据，最后取得圆满成功，他也成为核潜艇总设计师亲自下水做深潜实验的第一人。

在这次南海深潜实验期间，经领导批准，他回了趟故乡，和家人小聚后就离开了，临走时母亲对他说："你从小就离开了家，那时候战争纷乱，交通不便，你回不了家。现在解放了，社会安定，交通恢复了，父母老了，你要常回家看看。"

黄旭华知道母亲是在责怪他不回家，但自己的身份和难处又不能说，只能流泪答应。他没想到，这一别竟是三十年，再相会时，爸爸和二哥已不在人世了。父亲直到去世，也只知道儿子在北京，却不知道他干什么，他和家人之间只有一个邮箱号码。

后来，母亲收到了一本《文汇月刊》，上面刊登了一篇报告文学《赫赫而无名的人生》，介绍的是中国核潜艇黄总设计师，虽然没提具体名字，但母亲从"他的妻子李世英"这句话上判断出，黄总设计师就是儿子黄旭华。母亲赶紧召集家人，说："三哥的事，大家要理解，要谅解。"想念儿子的时候，母亲就会拿出那本杂志，看了一遍又一遍，不知不觉泪流满面。

黄旭华再回到母亲身边时，母亲已经九十五岁，而他也两鬓斑白。

他深知能为祖国核潜艇事业做出贡献离不开亲人的支持，特别是有这样一位理解自己的好母亲。

黄旭华获得2013年度感动中国十大人物，2017年11月，获得第六届全国道德模范敬业奉献奖。他在一次接受采访中说道："我很爱我的妻子、母亲和女儿，但我更爱核潜艇，更爱国家。我此生没有虚度，无怨无悔。"

异想天开是件皇帝的新装

在尼日利亚,有一个屠夫叫阿巴,以杀猪卖肉为生。阿巴三十出头,两个儿子活泼可爱,妻子勤劳善良,平时阿巴卖肉挣钱,妻子在家打理家务,小日子过得波澜不惊。阿巴生性就爱异想天开,做事从不脚踏实地,总想投机取巧。生意不好时,阿巴就动起了歪脑筋,要是进肉不用本钱,那该多好。

阿巴曾经想到偷,这是一条捷径,夜深人静悄悄潜入屠宰场,神不知鬼不觉地拿些肉回来,不就不用本钱了吗?这主意真不错,阿巴有点扬扬得意。不行,这个办法行不通,阿巴突然想起屠宰场有摄像头,上次进猪肉,少给人家100块钱,屠宰场的老板就是回放录像找来的。屠夫吓出一身冷汗,差点自投罗网。

阿巴正苦于自己的理想无法实现,正巧一位巫师从他身边路过。巫师在尼日利亚神奇地存在,他们被视为掌握特殊技能,可以借助某种神秘力量,帮助人们实现愿望。阿巴看到巫师,立刻感觉自己有救了。

他追赶上巫师,说出自己的想法。巫师说:"这好办,你只要招待好我的晚饭，我就能帮你解决问题。"阿巴满口答应。巫师告诉阿巴可以使用隐身术，阿巴挠头说自己不会隐身术可怎么办？巫师说："不用急，我给你一张隐身符，只要把它贴在身上，不管你干什么，别人都看不见。"还有这好事，"如果我贴上隐身符，去屠宰场拿肉，别人也看不见吗？"巫师说："是的，你相信我，没错的。"

阿巴隐约感觉巫师的隐身符有些靠不住，万一露馅了，这可不是小事。思前想后，阿巴决定先试一下。附近有家饭店刚开业，阿巴贴好了隐身符，溜溜达达就进了饭店，今晚饭店生意不错，老板出去进货，只有老板娘一个人屋里屋外忙活。

老板娘看到阿巴进来，正想迎上去打声招呼，附近一位客人等急了，吵着要老板娘上菜，老板娘只好答应着忙活去了。阿巴想，平时老板娘很热情，今天没和我打招呼，莫非她真的看不见我？这么一想，阿巴忐忑的心略微放下了。

柜台上摆着刚出锅的馅饼，香气扑鼻。阿巴禁不住诱惑，心想，既然来了，就拿张馅饼吧。他站在柜台前，有点下不了手，毕竟是第一次偷东西，阿巴心里有些不自在。可是馅饼实在是太香了，最后，阿巴眼一闭，心一横，伸出手去……就在他伸手的一瞬间，一位客人碰到了电源开关，屋子里瞬间黑暗，客人很窘迫，连忙打开开关，屋子又亮堂起来，恰巧就在这时阿巴也把馅饼装进了口袋，睁开眼睛。整个过程中，阿巴并不知道有关灯这件事。

事情就这样神奇，当客人们还在回味这场意外时，阿巴已经若无其事地离开了。这回阿巴彻底放心了，笃定巫师没骗他。

第二天，阿巴准备好麻袋，贴好隐身符，大摇大摆地走进屠宰场，专挑好肉往袋子里装，看样子就好像在"拿"自己家东西。屠宰场的人看他坦然自若，旁若无人的样子，以为他是老板的关系。平时也有老板的朋友来屠宰场拿肉，这些人仗着是老板的关系，自觉很有底气，不把厂里员工放在眼里，肉也尽挑好的拿。员工们习以为常，都各忙各的了。阿巴装了一会儿肉，看大家没什么反应，也没人阻止，心里暗自高兴，这隐身符的确厉害！

以后的日子里，阿巴贴着隐身符一趟一趟地穿梭于屠宰场，肉越"拿"越多，越"拿"越上瘾。屠宰场的人看他频繁往来，觉得有点不对劲。偷偷告诉老板，老板赶紧点货，发现肉丢了不少。等阿巴照例来"拿"肉，老板上前问他："你是谁？哪里来的？"阿巴没搭理老板，继续"拿"肉，心想反正你看不见我，懒得理你。老板再问，阿巴还是不吭声。这下露馅了，原来他是个淡定偷肉贼！老板和员工幡然醒悟。

老板一怒之下，把阿巴痛打一顿，送进了监狱。阿巴追悔莫及，要不是当初自己动了歪心眼，轻信了巫师的话，也不能做出这么荒唐的事，这回可丢尽了人。出去后一定踏踏实实工作，认认真真赚钱，可不能再异想天开了。阿巴正琢磨这事，就感觉墙角里有个熟悉的身影，走近一看，竟然是巫师。正要找你算账呢，还主动送上门了。

阿巴对狱友说："告诉你们一件有趣的事，他是巫师，据说他身上有护身符，只要他隐身，别人就看不见他了，大家要不要试试？"狱友十分新奇，纷纷响应。阿巴说："我们一起打他，看他喊不喊疼。"大家一拥而上，拳头雨点般砸下来，打得巫师抱头鼠窜，转眼间，巫师的脸就开了花，大包小包的，惨不忍睹。巫师求饶说："阿巴，别打了，我知道错了，我再也不敢啦！"

常在河边走，哪有不湿鞋，原来，巫师到处行骗，纸里包不住火，事情终于败露，锒铛入狱了。但愿巫师经过这次爆揍后也能悔过自新，重新做人。

对生命最好的尊重

美国阿拉斯加州的首府朱诺有着广袤的森林，生活着各种野生动物。多少年来，这块土地上的人和动物各自安居，互不打扰，过着和谐安宁的生活。

尼克·詹斯是一名在朱诺生活了30年的野生动物摄影师，他非常了解和喜爱这里的野生动物，经常拿上摄影机，带着自己心爱的母拉布拉多犬"达科塔"，用镜头记录这些野生动物。

雪后初晴，尼克带上"达科塔"，像往常一样去雪地里拍摄。镜头里，尼克看见"达科塔"正和一只黑色的狗亲昵地玩耍，他正想按动快门，突然感觉到哪里不对劲，仔细看了一眼那只黑狗，天哪！那不是一只狗，而是一只纯黑色的年轻公狼。

尼克惊呆在那里，正当他思考着应该怎样逃跑时，却见那只黑狼与"达科塔"玩得兴趣盎然，丝毫没有伤害它的意思，它们之间亲昵的动作，仿佛老友重逢般欣喜。尼克稍稍放心，静静等在原地，直到它俩玩累了，黑狼独自离去，尼克才带着"达科塔"回家了。

以后的日子里，这只年轻的公狼疯狂迷恋上了"达科塔"，它不顾人与狼的"不共戴天"，常常出现在镇子上，为了看见心爱的"狗姑娘"，它会在尼克家门口苦等上几个小时。来得次数多了，尼克的妻子就会开玩笑说："达科塔，你的罗密欧又来了。"尼克也觉得这名字不错，从此这只黑狼有了很文艺的名字"罗密欧"。

为了拍狼群，尼克曾经无数次冒险，深入狼的栖息地，他深知狼的野性。但这只小狼却表现得无比天真顽皮，这让尼克有了深入了解这个物种的野心，他决定慢慢驯化这只黑狼，探索这个物种的习性和人类共处的可能性。

尼克遛狗时，允许"罗密欧"远远地跟随，偶尔让它和"达科塔"玩耍一会儿。慢慢地，"罗密欧"会靠近尼克，与"达科塔"一起，在尼克的脚边打着滚，晒着太阳，这情形常常会让尼克产生错觉，仿佛"罗密欧"和"达科塔"一样，也是自己的宠物。经过一段时间驯化，尼克想把"罗密欧"带入人群中。

小镇居民发现镇里有一只狼转悠，非常害怕，担心孩子和家畜遭到攻击，甚至有人上街背着枪。日子久了，他们看到这只狼并无半点攻击之心，和尼克一家相处得很友好，慢慢地，对这只狼没有敌意了。

"罗密欧"也作为常客，旁若无人地穿梭在小镇里。小镇里的居民喜爱野生动物，他们常常喂食山里的驼鹿，甚至允许它们在街头散步，没有人企图伤害它们。小镇的人们很快就和"罗密欧"混熟了。

到了冬天，小镇成了热闹所在，很多人来此滑雪度假，看到这只狼，充满好奇，"罗密欧"并不认生，混迹人群中，和他们的宠物玩得不亦乐乎。"罗密欧"是只聪明的狼，它会学着狗的样子，叼着树枝或网球，放到你面前，然后用眼神示意，让你陪它玩耍，如果你恰好懂得，它会和你玩上一个上午，一趟趟往返捡拾，乐此不疲。

人们越来越觉得尼克驯服了"罗密欧"，给小镇带来了从未有过的欢乐，越来越多的人慕名前来，只为和"罗密欧"近距离玩耍一会，这似乎成了小镇人的一份骄傲。"罗密欧"在小镇生活了六年，从来没伤害任何人和动物，人们深深地喜爱上了这只善良单纯的黑狼。习惯把它当作小镇里的一员，它也融入小镇，不可分割。

每次和它遇见，人们都老朋友似的打招呼，遛狗时，也要带上它走一段，主人喂狗，也会顺便分给它一些狗粮，小伙子会不客气地吃得蛮香。但大多数时间，它会回到森林里觅食，一个星期之后，它"酒足饭饱"，重返人间，在小镇过着优哉优哉的快乐生活。

有一天，人们惊奇地发现，整个冬季都没看见"罗密欧"的身影，大家想念起它来，作为"常住人口"，大家习惯了它的存在，许久不见，小镇里仿佛缺少了重要一员。人们寻遍大街小巷，甚至贴出了告示，重金悬赏，但是"罗密欧"仿佛人间蒸发，再也没有出现。

又过了一段时间，小镇逮捕了三个非法狩猎的外地人，大家把"罗密欧"的消失与他们三个联系到一起。据他们交代，猎杀的动物里的确有狼，人们愤怒地质问他们，是否猎杀了"罗密欧"时，这三个人吓得唯唯诺诺，他们说并不认识"罗密欧"，只是猎杀了一只"蠢蠢"的黑狼。

他们看到一只狼，在停车场里闲逛，见到人也不躲，没费事就把它枪杀了，三个人说这只狼太傻，还拍了照片。镇上居民一眼就认出，那只狼正是"罗密欧"。这个寒冷的冬天，人们无比怀念这只狼，犹如失去了生命里最重要的朋友。整个冬天，小镇都笼罩在一片哀伤中。

没有了"罗密欧"的日子，小镇里缺少了一份安详和欢乐。人们在怀念"罗密欧"的同时，也感觉到自己做错了什么，如果当初不那么喜爱"罗密欧"，不和它频繁互动，它就不会对人类一点防备之心都没有了。

尼克也非常后悔，他知道自己在"罗密欧"身上犯了严重的错误，狼是有狼性的，不能把它驯化成宠物，野生动物应该生活在自己的家园，让它们在自己的领地里生存、竞争，而不是出于同情或好奇心干涉它们的生活，从而违反了自然法则。

尼克写了一本书《黑狼罗密欧》，配上自己拍摄的"罗密欧"照片，通过一幅幅照片，提醒人们，善待自然，保护动物，不干预就是对生命最好的尊重。

异国他乡，真情有爱

有这样一头猪，它是王者唯一，集万千宠爱于一身，同时，它又饱经沧桑，孤独无依。不就是一头猪嘛！至于这么矫情吗？你还别说，这头猪真的很传奇。

别看海纳济尔名字很洋气，其实它是一头土生土长的中国猪。当它还是个猪仔的时候，就和另外一头母猪一起，被当作礼物送给外国动物园。作为礼物一起同去的还有一对狼、一对棕熊和一对鹿。

这国家没有猪，海纳济尔和那头母猪就成了稀罕物。它们被送到动物园，引来很多人好奇，为了一睹珍稀动物的风采，人们成群结队，从四面八方赶来，那劲头，就和中国人看大熊猫差不多。起初，海纳济尔很害羞，躲进猪舍里不肯出来，慢慢地，它不仅习以为常了，还颇有明星的大气风范，任凭观众指指点点，品头论足，我自闲庭信步，悠然自在。

动物园为了迎接它和母猪的到来，特意在园子的一角腾出一块空地，给它们盖了新猪舍，居住舒适，宽敞明亮，在猪舍里堪称五星级。猪舍旁边有一大块绿地，吃饱了可以在绿地上散步，海纳济尔最喜欢绿地中间那一方池塘，天热了，打个滚，这里是天然降温的好场所。除了舒适的住处外，动物园还给它们配备了专门的饲养员，一日三餐，饭来张口。海纳济尔过着天堂般无忧无虑地生活。

海纳济尔渐渐长大，对母猪产生了爱慕，一段耳鬓厮磨之后，海纳济尔做了爸爸。一群粉嫩嫩的小猪充实了悠闲的日子，猪舍里有了欢快和喧闹。海纳济尔最喜欢吃完晚饭后那段时光，夕阳里，它和母猪一起带着孩子们去绿地散步，走在猪群前面，它显得格外威武雄壮，就像部落首领一样，管理呵护着自己的族群。

不幸的是一场战争打破了海纳济尔的幸福生活。在战争的阴影里，人们在炮火里生离死别，流离失所。同样，海纳济尔一家也没能逃过战争带来的伤害。

一天，动物园附近炮声隆隆，动物园内一片混乱，一颗炮弹落到熊舍旁边爆炸，爆炸声震耳欲聋。一个工人正在熊舍里打扫，这个胆小如鼠的家伙吓得抱头鼠窜，情急中忘记锁好笼子。笼子里的熊以为受到攻击，疯跑着，直奔对面猪舍冲去。熊把海纳济尔一家当成了敌人，疯狂进攻。海纳济尔和母猪奋力保护孩子，与熊殊死搏斗，但是，熊的力气太大了，海纳济尔一家伤亡惨重。母猪受了重伤，小猪全部死亡，海纳济尔背部被熊抓出几道深深的伤痕。失去了孩子之后，海纳济尔寸步不离地守着母猪。但是，由于伤势太重，母猪也离开了它。海纳济尔从此成了孤家寡人。

事故发生后，饲养员十分同情海纳济尔，对它照顾有加。每天帮它清洗伤口，上药，增加营养，在饲养员精心照料下，它的伤口很快愈合。身体上的伤养好了，但心灵的痛苦和孤独却一直伴随着它。

战争带来的伤害远不止这些。由于连年战争，农民无法安心耕种。粮食供应紧缺。动物园也受到影响。动物们的伙食越来越差，有时候动物们几天吃不上食物，棕熊和狼瘦得只剩皮包骨，海纳济尔饿得直打晃。饲养员们实在不忍心让海纳济尔饿肚子，就在猪舍旁种些红薯，最艰难的日子里，这些红薯救了它。

没有粮食吃，就有人打起了猪的主意。一头猪可以解决十几个人的伙食问题，暴徒们顾不上保护珍稀动物了，他们带着刀，冲进动物园，妄图跳入猪舍，屠杀海纳济尔。饲养员们责任心极强，没等暴徒靠近，就急忙锁上猪舍，报警，然后守在猪舍旁边，不让暴徒靠近。幸好警察及时赶到，驱散了暴徒，海纳济尔总算逃过一劫。

屋漏偏逢连夜雨，战争尚未结束，一场猪流感又席卷全世界。当疫情迅速蔓延，情况越来越糟糕的时候，作为全国唯一一头猪，海纳济尔成为众矢之的。人们的担心和惶恐不断升级，突然有一天，一些暴徒集结，来到动物园，要求把海纳济尔赶出去，更有残忍者提出要把它实施安乐死。海纳济尔的生死存亡，命悬一线。好在机智的饲养员及时找到了动物园园长，由园长出面和大家斡旋，趁园长和暴徒们谈判间隙，饲养员偷偷把转它移到安全的地方。为保护风口浪尖上的海纳济尔，也为了平息事态，动物园把它藏了起来，关了一个多月，直到风平浪静。

现在的海纳济尔已经成长起来了，体重达到200多斤，虽然膘肥体壮，却并不笨拙，一听到饲养员喂食的声音就老远奔过来，依然迅速。尽管它常常在水塘里打滚，又不太爱清洁，每天都把自己搞得有点脏，饲养员们却一点儿都不讨厌它。和它相处久了，渐渐有了感情，对它照顾也格外尽心尽力。看到它孤零零的，饲养员最大的心愿就想给它找个伴儿。

海纳济尔的传奇经历感动了很多人，与普通的猪相比，它的故事可以写成书。

安放心灵的家园

查尔斯从 3 岁起就是英国王储，在等待了 63 年后最终决定放弃王位。大家对此唏嘘不已，但在查尔斯眼里王位并不重要，相比之下，他更在意他的海格洛夫庄园。

1980 年，查尔斯来到英格兰东南部的格罗斯特郡，踏上这片乡间土地，他就被这里清新古朴的自然风光吸引，爱上了这里。他决定把这片宁静的土地开垦成安放心灵的家园。

面对诸多的不理解，查尔斯依然选择跟随自己的内心。6 年后，他在格罗斯特郡买下了四百五十多万平方米的土地，在一片遍地苔藓、满是荒芜的土地上建造起自己的王国。

世界知名的王储，内心却有着不为人知的豁达和淳朴，他亲近自然，脱下礼服躬身自耕。整个庄园错落地生长着近万棵大树，灌木树篱蜿蜒长达 8 英里。树木分区域种植，有的无需照看、恣意生长，有的则需要精心修剪。查尔斯经常在这里与虫、草说话，与自然低语，通过养牛、放羊这些简单的举措，代替机器、人工对树木和草坪的修剪。整个庄园都在一种自然而然的状态下运行。信步走在海格洛夫庄园内，你会发现它自然、轻松、惬意，没有一丝人工雕琢的气息，花草鱼虫，怡然自乐，鸡鸭牛羊，闲庭信步，整个海格洛夫庄园都充满了野趣。

在庄园规划之初，还没有"有机农业"的概念，不过在庄园里，你处处都能感受到"有机"的气息。连接庄园和住房的小路用透水性强的石头铺面，庭园内种植了三十多种本地野花、野草。除了不破坏当地生态之外，许多植物与昆虫自然形成了完整的小生态体系。

庄园里还设有菜园，完全依靠从紫草科植物和海草提炼出的混合肥料和天然肥，在自我循环的基础上终年供给水果和蔬菜；庄园除了提供暖气和热水的太阳能电池板以外，还有用木柴加热的锅炉，双层隔热的窗户和生态绝缘装置；整个庄园的排污系统都用芦苇制成，通过收集雨水冲洗厕所和灌溉土地，并利用芦苇制成污水过滤装置，让液体污水被重新净化为清洁的饮用水。

即便是查尔斯王子钟爱的那辆阿斯顿·马丁的能源供给，也是庄园剩余的红酒。查尔斯身体力行地把"有机"两字，潜移默化地深入到生活中的方方面面。人们纷纷赞誉梅格洛夫庄园是大不列颠的艺术奇迹："世上恐怕再难找到第二个如此科技发达、低碳环保，同时又不失秀美的庄园。"

如今，当生态耕作、有机理念成为时代趋势，人们才意识到当初查尔斯的选择多么卓识。而此时他已成为全球有机食品的领军人物，不仅环保理念让人折服，商业头脑更是让人钦佩。由海格洛夫庄园延伸出的生态农业、食品零售公司 Whole Foods，以及百货商店的有机食品部遍布欧美。

查尔斯于 1990 年自创的有机品牌 Duchy Originals，在今天已销往全球三十多个国家。查尔斯亲自为产品代言，像照料庄园般仔细审视每家店铺，监督产品质量。现在，该品牌旗下已经发展出食品、个人护理产品、家庭园艺用具三个系列二百三十多种产品。不仅如此,他甚至还写了一本食谱,以四季划分,向人们推荐每个季节适合吃的有机果蔬。

查尔斯在《有机庄园要素》中说:"我只能说,出于某些原因,我感到如果不善待自然,无法保持一种平衡的话,它也会以相同的方式回报你。"他希望借此提醒人们保护英格兰的自然生态环境,维护好乡村风景。

在劫难逃

快要下班的时候,朱武在微信里说:"于涂,我下班了,晚上约啊?"

一看就知道他另有企图,我淡定地说:"不行啊,晚上我得加班,还有一堆工作没做呢,明天见。"

我一个妩媚的表情包发过去,朱武在那边立刻飘忽起来。

哼!让你先美几天,看我怎么收拾你。

其实,我是嫦娥身边的小玉兔,当年嫦娥姐姐因为受到猪八戒调戏,弄得天庭上下沸沸扬扬,说什么难听话的都有,就连那个当时还不懂事的七仙女,不知道从哪听来大人的闲话,看到嫦娥姐姐就问:"猪身上味道好闻吗?"

嫦娥姐姐本是冰清玉洁之人,哪能受得了这般羞辱,一气之下,来到广寒宫,独自修行。我想,这样也挺好,远离那些是非之人,耳根清净不说,还可以长期霸占嫦娥姐姐,趴在她温香软玉的怀里发呆,那感觉,我很喜欢。

但是,天长日久,我才发现,连个说话的人都没有,也不是什么好受滋味。当我给嫦娥姐姐讲了一千万个故事之后,我们两个都沉默了,因为实在无话可说。

就这样又过了一千万天以后,我决定下凡,去报复一下那个天杀的。

我打听了土地,他告诉我猪八戒自从被贬入凡间之后,已经轮了回九百九十九次了,这一世劫难过后,他的修行圆满,就可以重返天庭,过逍遥的日子。

绝不能便宜了这个孙子。

想到这儿,我杀他的心都有。

朱武就是猪八戒。

我化身温柔美眉,和朱武聊了半个月,偶尔不经意地视频一下,朱武就春心荡漾了。想我玉兔是嫦娥姐姐身边的人,样貌怎会马虎,我只是轻轻朝他忽闪了几下眼睛,那呆子就已经流出了哈喇子。

"朱哥哥,最近很忙吧,怎么都不见你发朋友圈了?"

微信里,我一副甜蜜的样子。

"哎,别提了,最近忙着新产品设计,整天加班。"

"什么新产品呢?能和我说说吗?"

对方一阵犹豫。

"算了吧,既然朱哥哥为难,就不要说了,我也没什么,就是有点小好奇。"

那边还是没说话。

"本来打算给你送宵夜呢?看来不方便,那我就不打扰了。"

欲擒故纵,我做出了准备下线的样子。

"要给我送夜宵啊,真是求之不得,反正今晚就我自己加班,你来吧。"

这呆子果然好色,真是猪改不了吃屎。

就在朱武忙着吃夜宵的时候,我悄悄把优盘插入了他的电脑,偷偷拷贝了新产品的核心内容，当我天衣无缝地做完这件事时，朱武也吃饱了。

他抹了抹肥厚的嘴唇，一边说着谢谢我的话，一边贴过来。我巧妙游移，轻快地躲过了咸猪嘴，谎称头疼，我快速离开了他的办公室。

第二天，他在朋友圈发了一条消息，说自己冤枉，第三天，他发了一条消息，说自己工作丢了。

他给我发了一条微信说："你为什么要害我！如今我走投无路了，还要背着叛徒的恶名。我死后，变成恶魔也要杀了你。"

我没说话，微笑着删除了他。

变成恶魔才是我的目的，恶魔不能轮回，只能下地狱。

爱可以让你内心宁静

孙俪说:"恨一个人,你永远得不到幸福,而爱,可以让你的内心获得真正的宁静。"这句话说的是她痛恨父亲多年,又与之握手言和之后的切身感受。找回失散多年的亲情,让孙俪心头的巨石土崩瓦解,唯有爱是流淌在血液里亘古不变的亲情。

孙俪小小年纪就爱上舞蹈,5岁时显现出艺术天赋,11岁随上海东方小伙伴艺术团出国演出。然而,童年记忆里最深刻的不是练功的苦累,也不是获奖时的喜悦,而是父母永不停息的争吵,不分白天黑夜,她常常在睡梦中被吵醒,整个弄堂里充斥着父母的愤怒和争执。

终于在她12岁那年,这一切悄无声息地停止了,然后爸爸不再回家。一天下午,孙俪放学回家,正在安静地写作业时,妈妈疲惫地走进屋,抱着孙俪就哭了起来:"俪俪,法院只判了2000块钱的抚养费,我们接下来的日子该怎么过?"

孙俪意识到父母离婚了,这个家只剩下自己和妈妈了,她抱着妈妈说:"妈妈你别难过,反正以后我也不会结婚了,以后的日子我陪你一起过。"苦难教会人迅速成长，但是，孙俪在内心里不断告诉自己：我没有爸爸了，从今以后我是没有爸爸的孩子了。

妈妈是商场售货员，每月100元的工资生活起来捉襟见肘，而孙俪学舞蹈还特别需要钱，为了孙俪，妈妈拼命赚钱，下班后还要到朋友的公司做保洁，每次看妈妈累得直不起腰，她的心里就十分难过，妈妈辛苦几分，她对父亲的恨就有几分。

她努力练习舞蹈，为的是将来能跳出点名堂，可以带给妈妈快乐优渥的生活。15岁初中毕业，孙俪成为上海警备区文工团的文艺兵。这个懂事的孩子，从不贪慕虚荣，袜子补了又补，为省一块钱，大热天也不坐空调车。

上天格外眷顾懂事的孩子，从伴舞开始，孙俪竟一步步走进了影视圈。自从饰演了《玉观音》的女主角后，她在影视圈的名气越来越大。

孝顺的孙俪终于可以让妈妈过上好日子了。"我立即让妈妈辞掉她在外面的工作，陪伴在我的身边，照顾我的生活起居。我们还在上海的静安区买了一处复式的房子，并且在妈妈46岁生日那天，在豪华游轮上为妈妈举办了生日宴会。"

生活越来越好了，孙俪心里轻松了很多，一次，一位亲戚偶然谈起了她的父亲，说父亲过得并不好。起初，孙俪心里有点苍天有眼的感觉，但是很快，她开始牵挂父亲了。

一次孙俪办事正好路过父亲家门口，父亲和继母开了一家小店，父亲正弯着腰费力地搬运货物，他的脸上布满了皱纹，花白的头发在风中无力地飞舞，瞬间，孙俪再也忍不住，流下了眼泪。

有一段时间，媒体利用孙俪和父亲多年的恩怨做文章，找到了孙俪的父亲，在媒体面前，父亲竭力维护女儿："对这个女儿我没有尽到做父亲的责任，她能取得现在的成绩全靠她自己的努力和她妈妈的付出，看她现在很好，我觉得很欣慰……"

孙俪终于懂得，天下没有一个父亲不爱自己的孩子，虽然有时候不得不离开，但是，流淌在父亲心里的爱一直波涛汹涌，生生不息。孙俪选择原谅了父亲，不但给父亲买了新房子，还承担下同父异母妹妹的学费。

孙俪感慨地说："曾经破碎的那个世界，在我成年之后，重归完整。"

一念之间

今年 70 岁的弗兰克·威廉·阿巴内尔出生在美国,是 20 世纪响当当的大骗子。少年,他父亲破产,母亲与别人私奔,弗兰克从一个富二代直接沦为姥姥不亲、舅舅不爱的孩子。

那时候的人们非常尊敬穿制服的人,弗兰克想玩一把改变身份的游戏。他一直喜欢律师在法庭上的慷慨陈词,十分有范。弗兰克做好了假证件,谎称大学刚毕业,顺利混进律师事务所,日常工作中,他勤奋敏锐,几乎成为业界成功人士。19 岁那年,他还复习了三个月,拿到了路易斯安那州的律师执照。依靠演技,他先后变成了飞行员、医生和大学教授,每一个骗来的身份,都被弗兰克演绎得很完美光鲜。

由于弗兰克身份的不断改变,警察们多年后才知道,这个全球通缉的惊天巨骗竟然是个 20 岁的年轻人!21 岁那年,他在饭店用餐时,被前女友认出后报警。警察找到他时,并不能确认,一名机智的胖警察喊了一声"弗兰克!"弗兰克很自然地答应了一声,百密一疏,就这样,弗兰克被捕了。

出狱后，弗兰克决定靠双手自力更生，他从最底层的刷碗工做起，不想再行骗。他隐姓埋名，想尘封自己那段不光彩的过去。但命运并没有对他微笑。一次，员工们一起吃饭的时候，电视上正播放关于他的案例，那张躲藏不了的脸，很快就被拿来比照，得出结论。员工报告给老板，老板毫不留情地辞退了他。这件事之后，弗兰克又换了几个工作，结果都一样。

弗兰克觉得自己彻底搞砸了人生，灰蒙蒙的未来该往哪里走？那段日子，他只愿长醉不醒。有一天，他照例醉卧街头，醒来时，发现自己躺医院里。一位护士微笑着说："你受了点轻伤，住几天院就可以了。"姑娘温柔的话语，让弗兰克倍感温暖。随后，两人相爱了。在租来的破房子里，弗兰克迎娶了美丽的新娘。

正当弗兰克过着清贫却幸福的生活时，胖警察却被一桩金融诈骗案弄得焦头烂额。一天，妻子做了些点心，让他拿给胖警察。胖警察看到弗兰克，眼前一亮，面前这位曾经的造假高手，或许比诈骗犯更胜一筹，何不请他来帮助破案呢？弗兰克多年的诈骗经验，终于派上了用场，在弗兰克的帮助下，案子很快破了。银行给弗兰克一笔丰厚的奖金，警察局高新聘请他做经济诈骗案子的顾问。

新版防伪支票问世之前，假支票曾漫天飞，各家银行为此颇为头疼。银行找到弗兰克，让他帮忙解决这个让人头疼的问题，此时，弗兰克已经成立了自己的安全顾问公司，成为一名专业防诈骗人士。他从支票的印刷入手，利用双色底纹，采用渐变色调，增加背景图案的复杂性，同时加入微缩文字，增强了防复印和防复制功能，制作出如今财团和银行依然在使用的专用防伪支票，每年还要给他几百万服务费呢。

挑战生命里的不可能

大卫·布莱恩是美国人,他的职业是魔术师,但并没有停留在街头耍纸牌的游戏里,而是经历了活埋、枪杀、冰冻和绝食等挑战之后,依然活着的人。

布莱恩4岁那年,在地铁站看到街头艺人表演魔术,被深深吸引,那些艺人究竟有什么超人之处,竟然魔术变得出神入化?布莱恩满心好奇,并开始琢磨练习纸牌魔术。这个聪明的孩子,很快掌握其中要领,这让他很兴奋,他立志把魔术作为一生追求的职业。

在曼哈顿培训班里,他的魔术技艺突飞猛进,老师很喜欢他,把他当作苗子来培养,加班开小灶成了常事。功夫不负有心人,刻苦的训练,让他成为同龄人中的佼佼者。21岁那年,布莱恩开始在名流聚会上表演,并和很多著名导演成为朋友。当他的表演制成录像带后,引起很大反响,这是布莱恩没有想到的。走在大街上,会像明星一样被围堵,要求拍照签名。布莱恩有些飘飘然了。

布莱恩在地铁上受到热烈追捧,邻座的小伙子却无动于衷。等人群散尽，布莱恩问这个小伙子："难道你不喜欢我的表演吗？"小伙子不屑一顾地说："都是些骗人的把戏，没有一样是真的，我不愿意像那些傻子一样被你骗。离开道具，你什么都不是，有本事，你来点真的，我就佩服你。"是呀，小伙子说得没错，自己玩魔术，可不就是一直在骗大家吗？布莱恩被小伙子的话刺激到，决定来真的了。

传统魔术大部分是利用道具，混淆人类的视觉和感观，都带有表演性质。有没有一种魔术，既可以突破以往的框架结构，又不用借助任何外力，仅靠魔术师自身力量就能完成呢？布莱恩决定从挑战自我开始，演绎一种崭新的魔术形式。

他把自己关进一个透明箱子里，悬空吊在泰晤士河伦敦塔桥上方的高空，没有任何食品，只有水，他开始了自我挑战。布莱恩之所以选择这个地方，是想让大家监督和鼓励自己，同时也可以见证自己成功的那一刻。为了节省体力，他在箱子里的大部分时间都是静卧和冥想，当泰晤士上空星光璀璨时，他会和大家一起进入梦乡。

每天都有很多人来看他，鼓励他，他会透过玻璃箱，和大家打招呼，摆出的"v"字形手势，鼓舞人心。也有些恶作剧的人，开着飞机往箱子上扔面包和香肠之类的东西，但布莱恩视而不见，他感觉到肠和胃正一点点地消化自己。到最后，他的肝和肾几乎停止工作，当他虚弱地走出笼子那一刻，他已经在箱子里坚持了44天。

小时候，布莱恩最喜欢看的魔术是胡迪尼的水下逃脱，他学着胡迪尼的样子练习水下憋气，后来他竟然练习到水下憋气3分30秒，他问医生朋友，人在水下憋气最多能坚持多久？朋友告诉他，窒息时间超过6分钟就会导致严重脑损伤。他开始练习挑战6分钟。一次，他看到一个故事，一个小男孩掉进冰封的河里，40多分钟没有呼吸，被救醒后，竟然没有脑损伤，这个故事让布莱恩很兴奋，他默默地把挑战时间延长了。

他想了很多办法来延长水下停留时间，天马行空的，投机取巧的，所有的尝试都失败了以后，他决定自己亲自下水练习。他通过研究发现水下憋气的重要秘诀就是静止，通过控制心跳，保存体力。他开始对自己进行魔鬼训练，深吸一口气，憋 5 分钟，然后再吸气，再憋气，同时增加时间。

每天训练结束，他都头痛欲裂，眼冒金星。几个月后，他竟然可以超过当时的世界纪录 8 分 58 秒。电视台找到他有意合作，利用黄金时段，现场直播布莱恩打破世界纪录的辉煌过程。但是，很不幸，布莱恩的第一次尝试失败了，他在水下被绑住了手脚，险些丧命。

死里逃生以后，他又开始了新一轮的训练。由于运用了一些相对科学的方法，练习了 4 个月后，他竟然可以憋气 15 分钟，而且没有任何脑损伤。在新一轮的挑战中，为了配合电视台直播，增加了新内容，导致布莱恩心跳加快。

布莱恩竭力调整自己，慢慢四肢有触电感，然后双腿抽搐，耳鸣，四肢麻木，心脏缺氧，他在竭尽全力坚持，甚至有一刻，布莱恩恍惚嗅到了死亡的气息。当他浮出水面时，四周掌声雷动，人们呼喊着 17 分 4 秒！过了一会，布莱恩才意识到，自己创造了人类憋气新纪录。

每一次冒险尝试，都是人类打破固守尘封，突破自身极限的挑战。

布莱恩把自己逼到死亡边缘，创造了生命的奇迹。他已经不再是简单地玩魔术了，他的尝试已经被运用到科学领域，在绝食 44 天后，英国医学杂志用布莱恩做医学样本，刊登了"如何给一个绝食 44 天的人再次补充食物"的研究报告。他还被特种部队邀请，做了关于特殊环境下如何保护和延长生命的报告。

布莱恩用自己的行动告诉大家，魔术不再是骗人的杂耍，而成为人类挑战自我、服务于科学研究的工具。

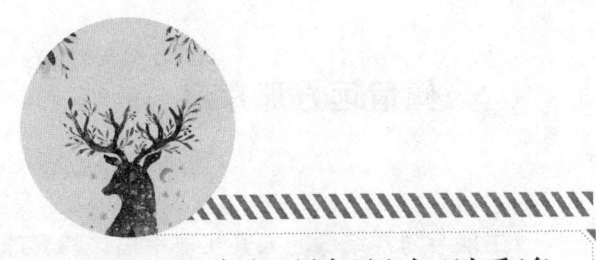

第三辑　这世间所有相遇都是久别重逢

倾情远方那片海

一生能与海洋结缘的人其实很幸福,韩喜球就是这样幸福的人。她已经十六次出海,在海洋累积度过 800 多天,但是她对远洋考察的热爱依然未减。2007 年,在中国"大洋一号"第十九航次科考中,作为我国大洋科考第一位女首席科学家,她带领大家发现了西印西度洋脊上首个海底黑烟囱。

来自大洋深处的呼唤

韩喜球出生在浙江台州的一个农村家庭,高考志愿填的是成都地质学院地质系,在大学里,当她真正接触到地质学时,她开始渐渐喜欢上这门学科,特别是得知地质学与矿产资源勘探息息相关后,她对这门专业有了近乎痴迷地喜爱。除了吃饭睡觉,她所有的时间都在教室和图书馆,功夫不负有心人,大学毕业那年,她以优异的成绩被保送到沉积所攻读硕士学位。

可能是因为家乡靠海，她对海有着一种亲切的感觉，1993年，毕业后的韩喜球来到国家海洋局第二海洋研究所工作，从学习了七年的陆地地质领域转向海洋地质领域。先后参加了两项大洋"八五"研究课题，研究太平洋多金属结核成因机制和太平洋的深海沉积作用。

一点成绩挡不住一个努力奋进的人，2001年5月，德国基尔大学海洋科学研究中心主任休斯教授来第二海洋研究所访问，韩喜球和休斯谈论到有关锰结核研究的话题，引起了休斯极大好奇。很快，休斯发来邀请函，邀请她去德国做学术报告，韩喜球十分惊喜："我当时都不敢相信这是真的。"

也就是这次邀请，促成了她在德国基尔大学的访问学习。在休斯的指导下，她开始了天然气水合物和海底冷泉相关领域的研究。能与国际同行合作，韩喜球深知这次机会难得，她几乎把所有的时间都用在了科研上，没有休息日，没时间逛街，在德国待了那么久，她甚至没有一次像样的旅行。

很快她的研究成果刊登在国际著名杂志《地球科学与行星科学通信》上，受到了国际同行和国际海底管理局的高度评价，被认为是近几十年来国际多金属结核研究上的重大突破。多家国际媒体对她的研究成果进行了报道。她的论文被国际矿床地质学会评选为2003年最令人感兴趣的研究论文之一。成绩面前，韩喜球说："头10年确实很艰难，回想起来，默默无闻时做的积累是我人生中最大的财富。"

一条勇敢的美人鱼

2005年，我国启动了国际海底区域调查多金属硫化物资源的计划，这对于韩喜球来说，正是一显身手的时候。机会总是留给有准备的人，多年所学终于找到了用武之地，她成为首次大洋环球科考航段的主力。

韩喜球说自己只是闷头爬山，不知不觉就看到了更美的风景。

国际海底管理局探矿与勘探规章明确规定"先到先得"，海底热液活动区正在发生热液成矿作用，热液喷口（俗称黑烟囱）源源不断地喷涌出富含铁、铜、锌、金、银等金属元素的热液流体，所以要想在海底找到多金属硫化物，找到黑烟囱是关键所在。

这一年她以首席科学家助理的身份，成为"大洋一号"首次横跨三大洋环球科考中的主力，在沿东太平洋海隆和西南印度洋海脊上找寻海底黑烟囱。对于黑烟囱的研究，我国起步较晚，但是我们拥有一批韩喜球这样优秀的科学家，进步很快。

她永远也忘不了第一次发现黑烟囱的情景。"一只海葵闯入镜头，又一只海葵闯进来，接着是一片白花花的海葵……虾和螃蟹也出现了，越来越多，我们离热液喷口越来越近。不一会儿，一根黑乎乎的烟囱突兀地出现了，电视抓斗轻轻触了一下黑烟囱，附着在烟囱体上的虾受到抓斗的惊扰，'轰'地飞舞起来了，密密麻麻，好像捅了一个大大的马蜂窝。"

这神奇的情景把她看呆了，曾在心里想象过无数次的情景竟然不及眼前的十分之一，这不仅是发现了海底矿产资源那么简单，对于揭开生命的起源也具有重要意义。

余生深爱，情归那片海

2007年，在"大洋一号"第十九航次第三航段的考察中，韩喜球作为第一位女首席科学家，打破了大洋科考史上男性独霸天下的局面。"首席负责制"不仅是荣誉，更多的是责任和担当，海上科考没有性别之分，没有肩膀可以依靠，有的只是一颗勇于承担的心。"首席科学家在科考船上责任重大，不仅需要经验，更需要耐心、信心、准确的判断力和果断的决策力"。

"大洋一号"从南非城市德班出发就遭遇了一个下马威，海上刮起了八十年不遇的台风，大风掀起了巨浪打在船舷上，也重重地打在她的心上。"大洋一号"每天燃油需要十二吨，大约是十万元人民币，再加上仪器和人工费，每天的成本在二十万元左右，这么大的成本一分钟都耽误不起，可原本计划五天的路程，却因为台风走了六天，浪费在路上的损失让她很心疼。风高浪大，海底情况瞬息万变，如果放置在海底的贵重仪器撞坏或丢失，损失将达到几亿元，直接影响到后面航次的工作无法进行。

这些压力像一块巨石，压得她喘不过气来，她几乎不眠不休，不时地查看机器，盯着天气预报，几天熬下来，整个人瘦了五六斤。人类无法掌控天气，她只能在心里默默祈祷台风赶快结束。快要到达预定海域那天上午，情况依然很糟糕，这样的恶劣天气，即使艰难到达，工作也无法开展，韩喜球望着天空，内心里几近绝望。

中午时分，奇迹突然出现了，天空一片晴朗，海面风平浪静，到处是一派祥和的景象，队员们忍不住喜悦，整个科考船上，欢声雷动。她望向瑰丽的大海，突然心生敬畏，大海可以给你惊心动魄，也同样会给你宁静安详，一种感激之情自心底弥漫开来，她知道从此以后，再也没有什么可以把她和大海分开了。

2017年2月，她执行大洋科考三十八航次第一航段任务，带领蛟龙号到事前圈出的热活动区做精细调查并取样，"首席科学家要为航次科学目标的实现负全责。要是我们圈的位置错了，蛟龙号找不到地方，那可真是糟大了！"蛟龙号每次下潜，她的心里都会忐忑不安，为了避免科考船浪费成本，她克服巨大心理压力，通宵分析资料，反复研究，给蛟龙号提供了准确的下潜位置和观察路径，十一次下潜任务，竟然每次都直击中心。她对科学严谨的态度和敬业精神，让无数同行们敬佩和赞叹。

"每次发现热液异常区,当调查取样结果和我的判断一样时,是我最高兴、最有成就感的时刻。"面对未知领域探索,没有现成的东西可以拿来借鉴,无形当中给她带来了巨大的压力。然而凭借她对科学的执着和热爱,每次都能做得很完美,而且体味到了更多的激动和喜悦。韩喜球说:"我很喜欢我的工作,只要身体允许,我随时准备起航。"

芳华白首，我只认识你就好

不打扰，只盼你岁月静好

味芳与树锋初次见面是在堂舅婚礼上，当时 25 岁的树锋刚从上海交通大学毕业，从事轻工业机械设计工作，他不仅是双学位高才生，而且拉得一手出色的小提琴。24 岁的味芳毕业于大同大学，在上海卢湾区一所学校任教。婚礼中，树锋扶着新娘走进礼堂，所有人视线都集中到新娘身上，只有味芳的目光被树锋深深吸引。

眼前的树锋相貌堂堂，温润谦和，举手投足间透露着儒雅的气质。没有任何犹豫，只一眼便知道他是今生那个"对"的人，味芳这样想着，脸上情不自禁地羞红起来。这一切被母亲看在眼里，婚礼结束后，味芳母亲多方打听得知，小伙子是新娘的弟弟，人品不错，才华横溢。但令人遗憾的是他已经有对象了。母亲把这个消息告诉味芳，味芳点了点头，一句话也没有说，没人知道，在她平静的表情下，内心早已泪流成河。

味芳就此默默地把树锋放在内心深处。

以后的日子里，两个人会经常遇到，味芳参加堂舅孩子满月酒，过年过节串门聚会……一来二去，彼此了解，树锋觉得味芳人品不错，到处张罗着给她介绍对象。

三年之后，树锋和未婚妻完婚，味芳因此远离树锋，不再联系。树锋婚后很幸福，有了一儿一女，一家人其乐融融。

味芳把全部心思投入到工作中，总结出一套独特的教学方法，她带的班级每学期考试都拿第一，虽然一直单身，但身边始终有一群孩子围绕，她感觉并不孤单。味芳多次被评为上海市优秀教师，并成为区教育学院院长。

终于等到你，多久都可以

在"文化大革命"的风暴中，树锋没能幸免。妻子经受不住三次抄家的打击，抑郁成疾，得了直肠癌。那段时间，树锋承受着巨大的心理压力，既要忙着照顾病重的妻子，还要操心两个年幼的孩子，他感觉人生跌进了黝黑的深谷，如何挣扎都找不到出口。

妻子没能陪他走完一生，树锋觉得命运对他不公。然而，雪上加霜的是，树锋的女儿突发心脏病，送到医院却没能抢救过来。那几天，树锋不吃不喝，对着女儿的照片自责：如果不是自己的原因，妻子和女儿也不会相继离去。失去两位亲人的树锋几乎失去了活下去的勇气。好在儿子很懂事，一直默默地照顾爸爸，当树锋看到儿子递来的粥时，突然清醒了，抱过儿子痛哭起来。

堂舅偶然从味芳母亲那里得知，味芳当年曾钟情于树锋，当堂舅把树锋的情况告诉味芳时，味芳一边听一边抹眼泪。堂舅说："树锋家里需要一个女人，你也为他单了这么多年，不如你们俩一起过吧。"树锋的苦难抓着味芳的心，在他最需要支持和帮助的时候，她怎能选择袖手旁观。她来到树锋家，看到他清瘦的脸庞和与年龄极不相称的白发，心疼得再次落泪。

但味芳的家人不同意。他们认为味芳很出色，而树锋拖着个孩子，味芳一进门就得做后妈，生怕味芳跟着他会吃苦。但是味芳的态度很坚决，没有戒指，没有婚纱，简简单单吃了一顿饭，两个人就在一起过日子了。

历尽磨难，终于可以和心爱的人在一起了，味芳把积攒了二十年的情意毫无保留地给了树锋，对待树锋的儿子，味芳视如己出，无论从生活上还是教育上，都尽心尽力。树锋感动得泪流满面："谢谢你爱我，余生，我会倾尽所有来爱你。"

然而，甜蜜的生活只过了不到一年，树锋就被派往四川宜宾支援乡村建设，而且一走就是十年。味芳拿出家里仅有的积蓄，拉着树锋的手说："你带上这些钱，虽然不多，但出门在外也能救救急，去安心工作吧，我会把孩子照顾好的，我们一起等你回来。"一股暖流流入树锋心底："我是前世做了什么好事，这辈子能遇见你。"

余生，只要你记得我就好

再次团聚时，儿子已经长大成人，与树锋当年一样优秀，出国留学去了。两个人格外珍惜这二人世界，一起牵手去买菜，逛公园。朋友们都羡慕他俩感情好，树锋笑着说："我们俩结婚这么多年，终于有时间可以好好谈场恋爱了！"一句话逗得味芳大笑："都这把年纪了，还说这种话。"树锋看着味芳一脸娇羞的样子，感觉真是在谈恋爱呢。

树锋从心里感激味芳为自己做的一切，他回到上海后，包揽了全部家务，味芳要插手，总是被他推出厨房。家里来了客人，树锋系着围裙忙里忙外，味芳则负责陪客人喝茶聊天。客人们打趣说树锋惯老婆。"我的老婆，我想怎么惯就怎么惯。"树锋说得一脸骄傲，味芳倒是很不好意思。

幸福的日子一天天堆积起来，不知不觉味芳88岁了。一天，树锋正忙着做饭，味芳说："我想出去剪头发。"树锋说："好啊，你去吧，早点回来吃饭。"味芳答应着出门了。树锋做好饭菜，一直等不到味芳回来，赶忙出去寻找。找遍了附近的理发店，没找到人，他又把亲戚朋友的电话打了一遍，都说没看见，树锋心急如焚。

天黑时，警察把味芳送了回来，原来，她在外面迷路了，不记得家住哪儿，也想不起自己是谁，只说出了一条街道的名字。味芳看到树锋，立刻开心地拉着他向警察介绍："这个人我记得，他是我爱人树锋。"第二天一早，他带味芳去医院检查，医生说她得了阿尔茨海默症，俗称"老年痴呆"。

生病后的味芳只有4岁孩子的智商，她会粘着树锋，凡事依赖他，跟在他身后。以前那个知性优雅、温柔体贴的味芳不见了，树锋每天照顾她穿衣吃饭，梳头洗脚，但是树锋做得很开心，丝毫没有嫌弃她，在树锋心里，味芳永远是那个笑起来一脸娇羞的女人。

远在国外的儿子听说味芳病得很厉害，特意回国看望她。但是味芳却已经认不出儿子了，她笑呵呵地把树锋拉到一边说："今天家里来客人了，一定要做些好吃的。"儿子站在一旁，忍不住放声大哭，这么多年思念的妈妈竟然不认识自己了。树锋安慰儿子说："别担心，你妈妈记得我就行。"

90岁的树锋身体也越来越不好了，照顾味芳有点力不从心，他想了一个两全其美的办法，两个人一起住进了养老院。刚开始味芳不愿意，整天吵着要回家，后来慢慢适应了。因为养老院床位紧张，两个人不得不一个住楼上，一个住楼下。每天晚上，树锋都要等到味芳睡了之后才会离开，早晨又会早早下楼，坐在味芳身旁，等她醒来，帮助她穿衣洗漱，带她去食堂吃饭。

2017年重阳节，讲述树锋和味芳爱情的纪录片《我只认识你》在上海特映。树锋特意给味芳准备了一套好看的衣服，两个人牵着手来到上海影城。人们都被这对老人的爱情感动不已，味芳并不知道今天自己是主角，坐在那里憨态可掬地睡了一个多小时。电影结束时，树锋把她搀扶起来，观众为他们热烈鼓掌，她也冲着大家笑眯眯地鼓起掌来。

追寻浩渺时空里的生命密码

响应国家号召,结缘古生物学

2018年3月23日,张弥曼获得联合国教科文组织杰出女科学家奖,联合国教科文组织在提名时这样盛赞她:"她创举性的研究工作为水生脊椎动物向陆地的演化提供了化石证据。"张弥曼是著名的古生物学家和系统动物学家,也是当今世界上最受推崇的古脊椎动物学家之一。

1936年,张弥曼出生在浙江省嵊县,小时候她去医院找爸爸,要经过一个解剖室,那个既神秘又有点让人害怕的房间,给她带来无限遐想,这是她对生物学的最初印象。从小学到中学,她的成绩一直很优秀,考大学之前,父亲考虑到她身体弱,同她商量报考语言学专业或医学类专业,她是个乖乖女,点头答应了。

六十年代的中国,走在迈进工业化的道路上,石油紧缺成为当时的最大阻碍。刘少奇说:"地质是工业的尖兵,国家要建设首先需要工业,而工业首先需要矿产资源。"那个年代，我国的地质学还是一片空白，地质人才十分稀缺，在这种情况下，张弥曼和很多热血青年一样，响应国家号召，投身到报效祖国的行列。填报高考志愿时，张弥曼违背了父亲的愿望，瞒着家里，私自填报了地质专业，正是这次暗箱操作，使张弥曼与古生物学结缘。

进入北京大学后不久，她被作为中国第一代地质大学生，选送到莫斯科留学，在那里，她第一次接触到了神秘的古生物学。"古生物学家，特别是研究无脊椎动物的科学家们能给国家矿产、石油开发提供基础的地质资料。开发矿产就是要从岩石里找东西，古生物学家的研究对象主要是层积岩。"古生物学研究竟然和石油勘探密切相关，这门学问对她来说很有吸引力，张弥曼庆幸当初自己"冲动"的决定。

化石里的"小鱼"对她讲述了很多故事

她对待化石研究近乎到了痴迷的程度，"开始做了以后就有很多的问题，而且是很新鲜的问题，需要你去解决。"她刚开始做浙江的鱼化石时，感觉化石里的鱼看起来和现在的鱼相同，但是她拿着化石跟现在的鱼对比，却一个都对不上。

她觉得很有趣，必须要把问题弄清楚，通过查阅资料，向别人请教，自己慢慢学会了很多东西。尽管条件非常艰苦，但是张弥曼在工作上非常严谨，凡事亲力亲为。"我一直坚持自己采集化石，自己修理化石，自己给化石拍照，自己研究。"功夫不负有心人，她从沉睡上亿年的"小鱼"身上，找到了石油。

开发大庆油田的时候，国家召集各类专家聚在一起，协作分析石油的分布情况，其中很多专家认为含油层应该在距今一亿五千万年的早白垩纪，石油勘探也应该集中在相应的地层内进行。但张弥曼却提出不同观点，她根据地层中的化石样本，结合对东亚地区古鱼类演变规律，研究得出的结论是含油最丰富的地层，在距今一亿年左右的晚白垩纪时代。专家们仔细听取了她的分析报告，觉得她说得很有道理，决定采纳她的意见，当大庆油田顺利出油时，张弥曼的名字在全国流传开来。

在开发胜利油田的时候，专家们征求张弥曼的意见，她根据自己的研究发现，那一区域曾经被海洋覆盖过两次，这种特殊性决定了胜利油田的成油地质时代，与普通油田不同。张弥曼的这一发现为油田勘探提供了重要信息。勘探队在工作过程中，把张弥曼的观点考虑在内，很顺利地找到了石油。两次重大石油勘探过程中，张弥曼都给出了精确的地质信息，为中国石油开发和加快化工业脚步做出了重要贡献。

三亿年前，究竟是哪条鱼勇敢地爬上岸，演化成为四足动物？科学家们认为关键问题是，鱼什么时候有了内鼻孔，并开始了第一次呼吸。当时颇有影响的瑞典古生物学家认为，总鳍鱼类就是陆地四足动物祖先。

1980年，张弥曼带着一块我国云南曲靖的总鳍鱼类化石，来到瑞典国家自然历史博物馆进修，这块化石距今有四亿年，被命名为"杨氏鱼"。张弥曼采用连续切片的方法，对杨氏鱼的吻进行了详细的研究，结果她发现："杨氏鱼"的口腔并没有内鼻孔。

她采用的连续磨片法精密度极高，连续磨片，就是把一块化石薄薄地磨掉一层，然后放在显微镜下，根据显微镜显示出来的结构，画一个切面图，再磨掉一小层，再画一个切面，直到整块化石磨完为止。一块2.8厘米长的"杨氏鱼"颅骨化石，张弥曼前前后后一共画了五百多幅线条图，当她把研究成果完美地展现出来，同行们赞叹不已。

答案很明显，既然杨氏鱼没有内鼻孔，就说明它不会用肺呼吸，这从根本上动摇了总鳍鱼类就是四足动物祖先的说法，这一重大发现，在世界地质学界和古生物学界引起了极大震动。

继续探索大自然遗留下来的生命密码

张弥曼对于科学探索的脚步从未停歇,她对伍氏献文鱼进行了详细研究,这种鱼来自青藏高原北部,它异常粗大的骨骼,见证了印度板块与欧亚板块相撞后,青藏高原隆升以及由来已久的干旱化进程,这一研究成果发表在 2008 年美国科学院院刊上。

2006 年和 2014 年,张弥曼发表了对孟氏中生鳗的研究成果,成为迄今全世界淡水沉积物中七鳃鳗的唯一记录,首次记录了化石七鳃鳗的幼体和变态期幼体特征,而且显示现代七鳃鳗独特的三期生命史,早在距今一亿两千五百万年前的早白垩世晚期即已成型并保持至今。

张弥曼从小就有出色的语言天赋,后来有幸到多个国家学习游历,为她学习语言创造了有利条件。在莫斯科留学时,她学会了俄语,在瑞典进修时,她学会了瑞典语。"古生物无国界,这个领域的国际合作和交流非常多,也需要看各种文字的文章。"为了更熟练地看文献,张弥曼曾经利用周末时间去法语班学习,为了方便中外古生物学交流,她还编著了泥盆纪鱼类的英文论文集,成为世界科学研究的参考文献。

张弥曼在古鱼类化石方面的研究取得了丰硕的成果,不仅为国内石油开采提供了必要的信息,也为古生物研究做出了巨大贡献。2005 年秋天,古脊椎动物学会第六十五届年会上,世界各国的古脊椎动物学家齐聚美国,会上表彰了张弥曼对该学科所做的杰出贡献。2016 年,古脊椎动物学会在美国盐湖城,授予张弥曼古脊椎动物学会的最高荣誉奖项:罗美尔-辛普森终身成就奖。

尽管八十二岁高龄,但是她的研究还在继续,她认为对于新生代鲤科鱼化石的研究迫在眉睫。"这一块再不做,中国就真的赶不上了。"凭借多年的研究经验,她认为新生代鱼类化石反映了近年来地球的变化,未来还能很好地和分子生物学结合起来,可能会诞生新的重大发现。她希望在有限的时间里,继续追寻远古的生命,她说还有很多事情没有做。

尝试，你的人生会有所不同

2017年11月10日，中国调味品及食品配料博览会在广州开幕，林依轮应邀携带"饭爷"辣酱出席。早在1993年，林依轮以一曲《爱情鸟》红遍大江南北，后来进入主持界，担任《天天美食》等节目主持人，并开始与美食结缘。如今的林依轮用四年时间，倾情打造出高品质"饭爷"辣酱，赌上二十年的声誉，他在做一瓶良心辣酱。

歌手并不是林依轮第一个职业，20岁的林依轮去了玻利维亚，进入当地一家最好的餐厅，餐厅里的师傅很严厉，三个月后，由他创造出来的十几个菜品，竟然登上了餐厅菜谱，师傅们都夸他聪明，是块厨师的好材料。

虽然在玻利维亚的生活过得很快乐，但是他心心念念的还是唱歌，十五岁那年，在河北文化艺术团度过的那些日子，一直藏在他心里，"演艺的道路是青春饭，不要浪费了好年华，先回国发展唱歌。"一年后，林依轮回国，开始了他的歌手生涯。

刚开始出道，歌厅给的工资不多，除去租房子外，所剩无几，吃饭都成问题,邻居老伯看在眼里,有点心疼,送给他一瓶辣酱说:"小伙子,这是我自己做的,你尝尝。"林依轮只尝了一下,味蕾就此被征服了:"老伯,您这辣酱是怎么做的,这么好吃。"老伯说:"我教你做辣酱的方法吧,这样你就可以把辣酱当菜吃了。"

  老伯告诉他要准备豆豉、辣椒、洋葱和蒜这些食材,然后放锅里一起炒,关键在于时间,一定要小火慢炒两个小时,这样才能炒出香味浓郁的辣酱。林依轮按老伯的指点,亲自尝试了一下,果然做出和老伯一样味道的辣酱来。"就着一碗白饭吃,就够了,最多加个煎蛋。"那段时间,辣酱成为最好吃的东西,也帮助林依轮慢慢走出穷困的窘境。

  林依轮在广州唱得越来越有名气,一曲《爱情鸟》一夜之间飞遍大江南北,因为一张专辑一炮而红,他也瞬间成为家喻户晓的明星。同时代的歌手还有杨钰莹和陈明等,他们共同拉动了整个社会磁带和CD的发展。九十年代末,唱片销量日渐下滑,林依轮对那段时光记忆犹新:"尽管唱片行业已经没有市场,我还在因为自己的热爱坚持,直到最后两张唱片,也带不动销量了。"

  转型后的林依轮开始做节目主持人,2006年,中央电视台《天天饮食》节目向他抛来橄榄枝。刚接到邀请时,他心里并不愿意,一个大男人整天战斗在锅碗瓢盆里,能有多大出息。制片人劝他说:"做美食节目是在传达一种生活态度和生活方式。"这句话还真管用,正巧符合林依轮这些年来对生活的感悟,他很快融入这档节目中。

  好友于明芳是芳晟股权投资的创始人,也是林依轮的邻居。有一天,于明芳在家里做炸酱面,正巧被林依轮赶上了,吃了两口,林依轮皱起了眉头:"你这酱有问题,不是以前剩下的吧?""不是剩下的。"林依轮端着辣酱,起身走去厨房,叮叮当当地鼓捣了四十分钟之后,一碗香气扑鼻的辣酱新鲜出炉了。几分钟之后,桌子上的东西被席卷一空,林依轮的手艺也从此出了名。

林依轮有了一手好厨艺，吸引到很多朋友，冯波就是其中最铁的一个。冯波是联创策源创始合伙人，同时也是天使投资人，他曾多次到林依轮家蹭饭，并对他的手艺大加赞赏。"不做点什么有点可惜了，你必须创业。"

冯波直接把一笔启动资金打到林依轮的个人账户，他鼓励林依轮："你前半生是用音乐打动人，后半生一定要用你的食物去感动更多人。"还有什么好说的，有这样的朋友，真是三生有幸，林依轮决定不负朋友们众望，向食品行业进军。

在辣酱的选材上，他一如既往地追求完美，他曾多次翻山越岭，深入云贵高原和四川盆地的辣椒产区，尝遍了辣度从4000度到90万度的所有辣椒，尝得嘴都辣肿了，还要不停地尝。必须要选出好的辣椒，那段时间他不断地告诉自己，尽管累得又黑又瘦，但是寻找好辣椒的愿望一直支撑着他。

他把四川广安作为重点考察对象，经过仔细研究，发现那里的辣椒完全符合自己的要求，于是他决定在四川广安地区，建立四百亩辣椒基地，他找到当地政府洽谈了合作意向，目的是想通过产业扶贫，带动当地经济发展，提供给一部分人就业机会。

"我做辣酱，还是用大锅炒制，我不会用电炉做，这就是传统。"林依轮敬畏传统，尊重食材本身的味道，不随便添加，要产品自己说话，林依轮是用自己二十多年的声誉在做这件事。

什么样的辣酱才能抓住人们的味蕾？这是林依轮一直思考的问题。为了做出爆款辣酱，他不厌其烦地一遍又一遍测试产品，比如食材上除了七种辣椒和豆豉，还加入了杏鲍菇，怎么样再能把杏鲍菇做出肉的味道。一瓶辣椒酱的蘑菇要切成多少厘米才正合适，油温应该控制在多少度，去水多少才能吸辣椒红油的汁，这些数据都是经过反复试验得来的。每测试一遍，他都要亲自品尝，那段日子林依轮胖了十斤。

2016年5月11日，林依轮在微博上宣布，"饭爷"辣酱正式在新浪微博和京东等平台上线，两小时后传来消息，"饭爷"辣酱已经狂卖了三万瓶，能有如此火爆的销售，林依轮也没想到。很快林依轮又与淘宝、天猫、有赞等建立了合作关系，结合不同平台优势，对接所有合伙人。

异常火爆的"饭爷"辣酱很快获得8300万融资，公司估值达到3.6亿人民币，有了资本就可以扩大规模，林依轮引进同行业有经验的高管，组建团队，共同打造一个新兴企业。为了系统充电，他报考了清华大学五道口金融学院，尽管学习难度大，他还是咬牙坚持下来了，充电后的林依轮觉得信心百倍。

2016年12月份，广安400亩基地正式落户，整个基地承担着生产、科研和培训等多个职能，从源头上解决了辣酱食材的生产供应问题，在食品安全方面，林依轮请国家机构POP到广安地区做产地溯源。林依轮要求整个团队，要从产品原材料、生产工艺和成品储存等多个环节，进行了严格把控，在食品安全和产品口味稳定性上，实行标准化管理。他希望在不远的将来，客户通过手机扫一扫，就能看到有关原材料的具体情况和整个生产过程，让顾客了解每一瓶"饭爷"的诞生，只有了解了，顾客才能吃得放心。

2017年8月，饭爷产品单月销售额首次突破了千万元，并收到了很多消费者反馈，天猫店铺收到的用户评价核心关键词中有"味道好、包装很好、质量很好"。林依轮成功了，他用了四年时间，精心做出一款良心辣酱。林依轮说："我们还要不断地去打磨自己的品质，讲述品牌文化，在品牌进行深耕。因为大家都知道，消费升级不仅仅是卖得更贵，包装得更好，其实它更是生活品质和生活态度的变化。"

从容地行走在有光的人生里

提起汉语拼音,几乎无人不晓,如今它被广泛应用到电脑,手机,成为人们生活中便利的交流工具。周有光被称为"汉语拼音之父"。他前半生是经济学家,后半生是文字学家和语言学家,百岁之后仍然著书立说,笔耕不辍……2017年1月14日凌晨,112岁的他走完了传奇的一生。

翩翩少年

周有光考入圣约翰大学,主修经济学,选修语言学。大一那年,他们开了一门十分枯燥的学科,叫世界哲学史。教这门学科的老师是美国人卜舫济,他看到同学们无心听讲,便给大家讲些外国名人小故事,深奥的大道理,巧妙地用故事演绎出来,同学们立刻来了兴趣。

老师看到两个同学闹别扭,便把他们叫到讲台上,让他俩握个手。但是,两个人都别扭着,谁都不愿意主动和好。老师说:"为什么要生气呢?尼采说过,生气就是拿别人的错误来惩罚自己,你俩想想看,既然你们都没错,那么,为什么要拿别人的错误来惩罚自己呢?"同学们哄堂大笑,那两个原本别扭的同学也笑起来,并主动握手言和。老师的一席话启发了周有光,受这位有趣的老师影响,周有光树立起开朗乐观的思想。

大学快乐的氛围里,周有光接触到拉丁文,语言的天赋好像天生就埋在他的骨子里,一接触到拉定文,周有光就喜欢得不行,投入到忘记吃饭和睡觉,对语言文字的痴迷就是从那时开始的。

在圣约翰大学,他参加了拉丁化新文字运动,这让他对我国的语言文字有了新的认识。我国民族众多,各地区民族语言互不相容,造成严重的沟通困难。如何解决这个问题,周有光在拉丁文上看到了希望。他早起晚睡,利用业余时间自学字母管理法,就是这样一个还不成熟的想法,奠定了我国日后语言文字改革的基础。

孤单漫长的人生里,总会有一个人是为你而来,遇见了,就不再离开。周有光是个幸福的人,他遇到了才女张允和。周有光的妹妹和张允和是同班同学,俩人日渐要好,成为闺蜜,张允和一有空就去找周有光妹妹玩。

偶然相遇,周有光被张允和的栀子清纯所打动,一双火辣辣的眼神总是围着张允和转。聪明的张允和自然看出了门道,她害羞了,躲着周有光不见。周有光并没气馁,谁叫自己喜欢呢?他开始主动制造见面机会,次数多了,张允和看出他的诚意,便不再躲了。

叶圣陶先生说过一句非常有名的话"九如巷张家的四个才女,谁娶了她们都会一辈子幸福"。

张允和是一个受过高等教育的女子,对生活,对爱情有着自己的恬淡和深意。张允和喜欢喝咖啡,周有光喜欢喝茶,不同的喜好在两个恩爱的人身上,并没有产生任何芥蒂,他们上午喝茶,下午喝咖啡,兼顾俩人的喜好,过得有滋有味。

一次，俩人闹别扭了，好几天互不理睬，这天正赶上过节，周有光提议，碰下杯子，庆贺一下，张允和勉强配合。当杯子轻轻碰撞的一刹那，周有光突然想起古代夫妻"举案齐眉"的故事，他高兴地说，如今没有"案"了，我们就叫"举杯齐眉"吧。一句话把张允和逗笑了。从此，俩人举杯前都要先碰碰杯沿，"举杯齐眉"之后，所有的烦恼都融化在对方的笑靥里了。

汉语拼音之父

1945年，周有光被新华银行派驻纽约，有幸认识了爱因斯坦。周有光十分敬爱这个个性坦率，待人真诚的物理学家。一天，周有光的朋友何廉来家里做客，谈到爱因斯坦近况，何廉说既然你这么崇拜他，他正好刚退休，闲着寂寞，不如你陪他聊聊天吧。周有光欣然应允，隔天便去爱因斯坦家拜访。

爱因斯坦在家里穿着很随意，他把周有光带到书房，亲切地端上两杯咖啡，这让周有光有种多年知心好友的感觉。一个物理学家和一个经济学家唠家常般说眼下时事，谈些报纸上的新闻，最后聊到成功，爱因斯坦告诉他："人的差别在业余，一个人到60岁，除去吃饭睡觉工作，还有很多业余的时间，如果能够好好利用这些时间，完全可以在一门学科上有所建树。"这些话看似简单，却深深警醒了周有光，遇见爱因斯坦以后的日子里，周有光刻苦精勤，从不荒废时光。

1955年，周有光从一名经济学家变身为一名语言学家。他被调到北京文字改革委员会，专门从事语言文字的研究。周有光根据多年来对字母的研究，写了一本书，叫作《字母的故事》。这本书系统地介绍了字母的历史和各国的字母，旨在普及人们对字母的了解和认识。这本书凑巧被毛泽东的秘书看到了，觉得很有趣，推荐给毛泽东。

毛泽东看过这本书之后，找到周有光，在拉丁文字母这个问题上进行了深入的交流。周有光认为拉丁字母国际通用，要想让中国走向国际，富民强国，必须融入世界大格局，采用拉丁字母，便于中国与世界交流，省去中间诸多环节，让语言作为沟通的桥梁，承载国际文化交流的重任。

毛泽东认为他的想法远见卓识，决定汉语拼音方案采用国际通用的拉丁字母，并让周有光参加汉语拼音方案的制定。周有光和其他人一起，利用三年的时间制定了《汉语拼音方案》，并参与设计，推广了汉语拼音体系，为汉语拼音事业做出了卓越贡献，被誉为"汉语拼音之父"。

有光的人生

周有光老年时光，大部分都在一间仅有 9 平方米的小书房中度过，屋里摆放着一桌一椅，墙上挂着他和老伴的照片，桌子上是一台打字机，自从老伴去世，每天陪伴他最多的就是这个默默无声的老朋友了。

这台打字机是 20 世纪 80 年代，日本夏普公司根据周有光的"从拼音到汉字自动变换不用编码"的设想，研制出来的中西文电子打字机，送给周有光试用。看着自己的设想变成了现实，周有光非常高兴。

早在圣约翰大学和美国工作期间，周有光曾学习使用过打字机，85岁离休以后，他开始"弃笔"写作，所有书稿都用这台打字机完成。打字机使用起来非常方便，按下的汉语拼音立刻打出汉字，他对自己的设想很满意，"工作效率提高了五倍"。他在这台打字机上笔耕不辍，安然地敲出了《百岁新稿》《朝闻道集》《拾贝集》等著作。

周有光曾经预测华语将会在未来被全世界的华人应用，并得到广泛推广，汉字将在未来的语言世界中占有重要地位，成为定型、定量、规范统一的文字。随着历史的发展，将来的某个时段，汉字将会被再一次简化，形成更简单易学，易使用的文字。未来，被大多数人学会并使用的拼音将会帮助华文，在网络上便利使用。他这些预测正在现实生活中渐渐被演绎成事实。

"我是认真思考了这个世界的"。周有光用睿智的眼光看待这个世界，又用豁达的态度把这一生过得很有趣味。他从容地行走在自己有光的人生里，也给这个世界带来了有光。

所有的付出都值得

41岁的窦立国家住北京,快递从业十年,现任一家快递公司北京某区经理。从2012年起,他带领志愿者们为贫困地区的孩子们寄书和衣物,共捐赠图书20多万册,衣物20多万件,还在偏远地区的乡村修建了50多所图书馆。

窦立国生长在吉林农村,小小年纪就辍学,只身来到北京闯荡,先后做过保安,当过厨师。一个偶然的机会,他听说一家快递公司招人,他抱着试试看的想法到快递公司应聘,老板看窦立国人很勤快,做事严谨,一丝不苟,就痛痛快快地录用了。

一次,窦立国和一位客户去保定易县一个小山村参加公益活动,为贫困山区送粮食,在那里他看到一个小女孩得了白血病,过生日想吃蛋糕却买不起,这件事触动了他。"这样的事实让我震惊。"窦立国说,想不到现在还有这么贫困的家庭,而且离北京这么近,可见,帮助这些困难家庭只靠少数人是不行的。从此,窦立国加入了公益志愿者队伍。

一名中央财经大学的学生得知窦立国是公益志愿者,就找到他说自已募集到2000本旧书，希望窦立国帮忙捐给山区的孩子们。窦立国想起那个买不起蛋糕的女孩，联想到山区一定也有很多买不起书的孩子，窦立国收下了这些旧书。窦立国想自己就是因为家里穷，读书少，就业受限制，如今一定要尽自己能力，为孩子们打开一扇知识的窗户，为他们铺就一条通往山外的路。

窦立国又在网上发布了一份捐书微博：谁在北京，有书要捐，五环以内，我免费上门取。消息一经发出，竟有很多人响应。"没想到真有人捐书，竟凑足了6000本。"窦立国上门取书的同时，还收到很多捐赠的衣物。他亲自开车把书和衣物送到贫困地区。

四川雅安地震，窦立国去灾区救助。第二年回访时，他看到一个奇怪的现象，当地很多老百姓不是依靠自身力量自救，而是在等政府和慈善人士的救济。窦立国想单纯依靠经济救助是不行的，还要从根本上改变人们封闭落后的思想，怎么改变呢？窦立国又想到了书。在贫困地区修建图书馆，不但要让孩子有书读，还要从成人入手，让成年人也参加阅读，开阔视野，增长见识，通过书本学到先进的科学技术，用智慧和汗水改变贫穷地区落后的面貌。

回到北京，窦立国仔细研究了哪些贫困地区急需书籍，圈定了几个地区后，窦立国开始陆续在甘肃、河南、河北等地建立乡村图书馆，取名《梦想书屋》。

第一个《梦想书屋》建在河南息县。息县是河南省贫困县，位于大别山麓，交通闭塞，文化落后。他来到息县，与当地百姓说起建图书馆的事，受到当地群众热烈欢迎。大家纷纷表示支持窦立国建图书馆。

图书馆建成后，孩子们带着对知识的憧憬和渴望，争抢着阅读。图书馆里除了有孩子们的专门读物外，还有针对成年人阅读的书籍，很多成年人业余时间不再打麻将扯闲皮，而是到图书馆看书，学到了不少发家致富的本领，渐渐地，读书在当地蔚然成风，人们的精神面貌也有很大改变。窦立国激动地说:"这些书终于发挥作用了。"

"不知道这个时代看书的人还多不多,当走进用我们辛苦收集整理的书建成的书屋时,我的顾虑打消了,觉得所有付出都是值得的,在乡村还有许多爱书之人,还有很多人坚信读书产生力量。"这是快递哥窦立国微博中的一句话。

如今,窦立国和他的伙伴们已经在全国建立了50个图书馆,这还远远不够,窦立国说,只要贫困地区人们需要,我就会继续做下去,让贫困地区的大人和孩子们都有书可读。

窦立国的爱心事迹渐渐被很多人知晓,他荣幸地被马云选中,代表快递行业,成为阿里上市敲钟人之一。随后出现在《我是演说家》等热播节目和新闻报道中。

"一夜成名"的窦立国成为小有名气的公益人士,每天接上百个捐助电话,回复上千条短信,来自四面八方的捐助源源不断。"一天要跑几百个地点,太累,一个人根本忙不过来。"幸运的是,越来越多的人加入进来,为了工作起来准确快速,2016年8月窦立国把自己多年来根据捐助信息绘制出的简易地图,分发给北京的快递小哥,这张用时完爆高德地图的神秘手绘,在北京快递小哥手中广为流传。越来越多的书籍经过快递小哥的手源源不断送到贫困山区的图书馆,送到渴望得到知识的人手中。

如今,窦立国又有一个新目标:今年要将"有梦想的盒子"项目付诸实践。"我们把书装到小盒子里,亲手送到孩子手中,孩子看完之后可以和他人分享。"这样做的目的是要让孩子们学会分享。"还可以将当地特产的二维码放进盒子里,一扫就可以连接到当地网站购买,支持受捐地区的乡亲们创业致富。"看来窦立国的思想越来越开阔,"野心"也越来越大啦!祝窦立国梦想成真!

泼墨重彩写意人生

张大千一生执着追寻艺术，无论是绘画、篆刻、书法和诗词，都有很高造诣。他临摹古人画作达到登峰造极的境界，特别是在山水画方面，独创泼墨和泼彩画法，留下了无数瑰宝。他专注于对中国传统绘画的继承和发扬，在他充满传奇的一生里，对艺术的热爱始终矢志不渝。

百日师爷抢书读

张大千生于四川内江，母亲是大家闺秀，聪明能干，在诗、书和画方面都有研究，尤其善绘民间剪纸花卉。逢年过节，母亲和家里的女性进行剪纸比赛，看谁的剪纸漂亮，品头论足之间，一旁的张大千也受到了艺术的启蒙。

17岁那年的暑假，张大千与同学徒步返回内江，途中遭遇土匪。这伙人看他书生模样，说话文质彬彬，就问他是否识字。张大千如实回答，本以为自己是个穷学生，土匪就会把他放了，哪知道土匪正缺个会识字的师爷,就这样,他被留下了。一天,这伙土匪打算抢劫一家地主,按照土匪的规矩,下山必须带点东西回来,别人都抢值钱的东西,张大千却只拿了一本书。做土匪的日子里,他每天就读这本抢来的《诗学含英》。三个月后,他被民兵团抓住,土匪生涯就此结束。

回到家,张大千遵从母意,与表妹定亲,随后跟着二哥张善子去日本学习染织和绘画。从日本回国后,张大千跟着张善子来到上海,向前辈曾熙和李瑞清拜师学画。经过名师指点后,他的绘画水平迅速提高,在宁波同乡会馆举行的首次个人画展中,近百幅作品全部售空,张大千就此在上海崭露头角。

不久噩耗传来,未婚妻因病去世。生老病死如此无常,心灰意冷的他来到松江禅定寺出家为僧,法名"大千",张大千一名就是由此而来。

奉母亲之命,哥哥张善子来到寺院强行把他带回家,与母亲的侄女曾正蓉完婚。曾正蓉贤惠温婉,端正大方,深受婆婆喜欢,但是张大千与她并没有什么感情。

婚后不久,张大千重新回到上海,借住在宁波巨富李薇家,与李家小姐李秋君相识。李秋君非常喜爱绘画,对张大千倾慕有加,在很多方面与张大千有共同语言。虽然张大千满心喜欢,但是家有妻室,怕是给不了她名分,委屈了这个名门闺秀,只能将爱意放在心底,发乎情而止于礼。

千帆过尽皆不是,李秋君坚守这份感情,终身未嫁。张大千回忆这段感情说:"绝无半点逾越本分之事,就连一句失仪的笑话都从来没有说过。"在张大千的指点下,李秋君的《秋山读易图》荣获布鲁塞尔"劳动和美术"国际大奖赛金牌。

在临摹中解读古人

　　临摹是学习绘画的必经阶段，张大千也不例外，而且他的临摹水平到了登峰造极的地步。他散尽千金大部分都是用来买古画，以临摹。他临摹石涛的山水画，每一幅都要临摹上几十遍，最后竟然达到每一笔都能背画下来的程度。在一笔一画中寻找画风的来路，解读古人的心思，次数多了，似乎能体会出古人思想上的神奇之处。

　　一次，书画鉴定专家陈半丁得到一册石涛精品，十分高兴，邀请朋友前来观赏。大家围坐在画册前，纷纷夸赞这是难得一见的珍品佳作。张大千看了一眼说，这本册子画得很一般，不值得大家夸。众人皆惊，暗自思忖张大千狂妄至极。但他没翻看画册就能说出内容，而且每一页说得都分毫不差，更让众人感到惊奇。陈半丁问道："难道这本册子你收藏过？"张大千笑着说："我哪里买得起这价值连城的册页，这是我画的。"

　　张大千一生向往和追求美好的事物，但是用到了情深处，却只见新人笑，未听旧人哭。后来，他又陆续娶了几房太太。

　　1941年，张大千携三房太太北上兰州，抵达敦煌临摹壁画。敦煌地理环境偏僻，生活条件恶劣，吃水和烧柴都要从几公里外往回运，这还不算什么，山高皇帝远的地方，时常有匪兵出没，为了安全，他们很少外出，大部分时间都用在了临摹壁画上。到敦煌临摹壁画的所有费用都是借来的，他还向银行贷款，导致他背负债多年。

　　敦煌洞内空气不流通，人在里面待一会就会头晕，洞内光线也不好，要用镜子反射太阳光，或点着蜡烛才能看见。在高大的洞窟里，必须登上梯子才能够得着，而低矮的壁画，又要躺下身子才行。入洞时一头青丝，出洞时满头银发，不认识张大千的人都不相信他只有40岁。没有什么能阻挡得了张大千对艺术的执着和热爱，他夜以继日地在洞中临摹，这一待就是将近三年。

500两黄金买一幅画

抗战胜利后，张大千准备在北京买座房子安定下来，他在清王府前看好了一座，价格是500两黄金。这天，他准备好钱去买房，半路上看到一个人拿着一幅画叫卖，而且出口就是500两黄金，少一分都不卖。此图大大有名。张大千上前，仔细看了一下这幅画，二话没说，掏出用来买房的500两黄金，带着画回家了。

准确地说这不仅是幅画，还是一份情报。北宋年间，南唐后主李煜对大臣韩熙载不放心，派心腹顾闳到其家中查看，聪明的顾闳擅长画画，又不愿意落下背后说长道短的名声，就用一幅《韩熙载夜宴图》来说明问题。顾闳将画面分成五个部分，做成屏风的样式，把韩熙载晚上各个时间段的生活全部画了下来，并在画里巧妙地暗示了人物的心理特征。李煜也是懂画的人，看完这幅画后拍案称好，并精心地把画收藏起来。

因为这幅画本身就是一个故事，再加上画工上乘，历经几个朝代，不断被人高价收购，画上有包括年羹尧等230多枚收藏人印章。张大千500两黄金买画的事很快传遍了大街小巷，美国和日本的收藏家也赶来，准备不惜重金买下这幅画，但是，张大千深知这幅画不能外流，断然拒绝了他们的要求。后来张大千准备移居海外，把它和其他一些名画一起打包以两万美元的低价卖给了国家。

1956年，法国现代艺术博物馆馆长乔治·萨勒邀请张大千和夫人访问巴黎，张大千在画展间隙，拜访了旅居法国的西班牙画家毕加索。让张大千吃惊的是，在毕加索的画室里，竟然挂着两百多幅仿齐白石的作品，毕加索不光谦虚地请张大千指点，还请他现场挥毫。张大千当场写下自己的名字，笔力苍劲雄厚，墨色深浅有致，令毕加索叹为观止。脾气古怪的毕加索破例邀请张大千夫妇共进晚餐。这次相见,被看成是东西方艺术的一次交流。

　　张大千的作品意境清丽雅逸,40岁以前多为临摹古代作品,40岁到60岁期间多为写生和忆游作品,60岁以后,他在继承传统的基础上,创造了泼彩和泼彩墨艺术,同时改进了国画宣纸质地。他同张善子共同创建了"大千画派",并在"大风堂"广收徒弟,传道授艺。1983年4月2日,张大千因心脏病突发,医治无效病逝,这位传奇的国画大师走完了辉煌的一生。

这世间所有相遇都是久别重逢

吧啦就是李菁。她是一个柔美的湘西女子，带着谦卑从小镇走出来，一路心怀美好，将生活的感悟集结成文字，她出版了三本书，实现了最初的文学梦想。"一个人闪耀的那一刻，并不是站在聚光灯下得到千万人的掌声，也不是怀抱钱权，而是拥有了自己最想要的生活。"

李菁出生在一个幸福的家庭里，父母恩爱，相敬如宾。爸爸爱读书，家里有很多藏书，给她带来了潜移默化的影响，再加上她天生对文字敏感，骨子里有对文字的热爱。十八岁的她离开小镇求学，从川东到西安，再到台湾。与雪小禅结缘后，为她做公众号"雪小禅最美微刊"，研究生毕业，李菁进入大学任教，忙碌的工作占据了她很多时间，一眼就可以看到六十岁的自己，她不愿在学院里枯萎成残荷。

2016年冬天，她辞去大学讲师工作，回到家乡浦市古镇，在网上开设了摄影梦想课堂，教学员摄影，实现了经济独立。虽然离开体制，她依然非常自律，一个月里一半时间用来写作，一半时间用来行走旅拍，年纪轻轻，活成了别人心中理想的样子。李菁脸上总是带着温柔的笑，这笑容下的坚韧，犹如青藤，向阳生长，伸展着触角，不断地攀爬着新的高度。

2017年七夕，李菁在甘南藏族自治州的大草原上，遍地野花，草色连天，她写下了对爱情的向往。"我清楚的知道，陪我走完一生的人会是这样一个男人：有学识有涵养有格局，会陪着我一起游历这个世界，不远行的时候会在我的故乡浦市古镇一起守着客栈，等待每一个来到客栈的朋友。"她相信这个世界有吸引力法则，一定会有一个人能感应到她。

闫凌是北京人，也是80后，他是环球旅行家、作家和自媒体人，他辞职后开始独自环球旅行。他用八年的时间感知世界，足迹遍布101个国家和地区，曾独自一人从北极穿越整个美洲到达南极，著有《去吧，去全世界最美的地方》。

通过粉丝，李菁和闫凌互加微信好友。李菁被闫凌阳光帅气的头像吸引，在闫凌的微信里，李菁不禁感叹到，这个人竟然是自己的同类。当李菁知道闫凌的父母都不在了，心紧紧地痛了一下，她仿佛看到闫凌独自一人穿过荒芜的美洲，心无可依时，孤单的行走就是流浪。

李菁给闫凌留言："如果你愿意，我愿在浦市古镇等你回来，我们创造一个家。"此时，闫凌也在看她的微信，被眼前这个美丽优秀的女孩深深打动，他觉得与这个女孩相见恨晚。看到李菁的留言后，他感动得落泪，一个人在外漂泊太久，内心里有对家的渴望，突然被这个女孩说出来，很温暖。

接下来的两天，两个人有说不完的话题，比如工作、旅行、恋爱和婚姻，出人意料的是，两个人的三观竟然完全一致。闫凌那时还在国外旅行，两地时差有八小时，闫凌早上起床，李菁那里已经是下午两点，两个人彼此问候，相互惦念。两颗心慢慢靠近，甚至可以碰触到对方的灵魂，在这个既孤独又喧闹的世界里，我们久别重逢。

浦市古镇有着千年的历史，明清时期这里物产丰富，商贾云集，商业和运输业十分发达。历史的变迁遗忘了这块土地，如今的浦市古镇仿佛是一位走累了的老人，驻足歇息，不时回望过去。小镇幽静古朴，身在其中，犹如越过时空，回到了久远的年代。李菁热爱这个小镇，这里有着历史的厚重感。

很多人不远万里来到浦市古镇，找李菁拍照，是喜欢她的摄影风格，也是因为小镇的古韵，一些朋友让李菁帮忙预定民宿，想亲自体验当地原汁原味的生活，这却难倒了李菁，小镇没有民宿，她想不如自己就开一家客栈吧，既可以会四方朋友，听听他们的故事，又可以把小镇介绍出去。她给客栈取了个好听的名字"遇见"，希望在这里遇见更多有缘人，也希望为古镇开发尽一分力量。为了支持她，闫凌说就算放弃全世界，也要陪在她身边。

2017年11月3日，闫凌回国，李菁坐着高铁来到北京，捧着一束玫瑰花与他在高铁站见面。心有灵犀，两个人一眼就认出对方，无须言语，相视而笑，此时有种感觉叫久别重逢。两个人牵起手，十指相扣，就像相处很久的伴侣，分开了一段时间，又回来了。闫凌带着李菁，在北京的胡同里感受着京韵，在大街上兜风，见面了，比微信上更相爱。

李菁的新书《你的人生终将闪耀》上市后，闫凌比自己出书都高兴，他当即买下70本书作为支持。闫凌把李菁介绍给自己的朋友，每次都自豪地说："我的女朋友是作家。"几年前李菁办了去香港澳门的签证，眼看就要到期了，闫凌说："那你带我去吧。"说这话的时候，他眼睛里满满都是宠溺。

飞机抵达香港，虽然下着雨，但一切看起来都那么新奇，坐地铁的时候，闫凌买好了地铁票，交给李菁，刷完卡后，他又把地铁票要回去，放在自己的衣兜里，等出站时，再拿出来。很小的事情，闫凌做得细致入微，李菁心里暖暖的。

在香港著名的迪士尼乐园，闫凌拉住李菁，掏出戒指，单腿跪在地上说："李菁，我爱你，嫁给我吧！"这是在求婚吗，李菁有点不知所措。此时自己听到了人间最美的情话，李菁既欣喜又有些害羞，"好吧，我愿意。"她拉起闫凌，一脸幸福。轻轻戴上戒指那一刻，你就是我的爱人，从此不离不弃，从此相濡以沫。

11月22日，李菁带着闫凌回浦市古镇见自己的父母，父母很喜欢这个阳光帅气的小伙子。"遇见"客栈和新房一起装修，李菁和闫凌找来很多石刻装点院子，还栽了几棵竹子，一棵玉兰，大门是仿古风格，刷着红色油漆，与小镇十分搭调。客栈准备2018年春天开业，闫凌会陪着李菁为客人拍照，把小镇的一砖一瓦，一草一木传递出去，引来八方游客。

闫凌说等新房装修好了，给李菁买一架钢琴，美好总会遇见美好，有一位钢琴厂家的老板听说李菁和闫凌的爱情故事，非常感动，主动要送给李菁一架钢琴，为了解决小镇没有调音师的难题，他还告诉李菁，每年会去小镇一趟，专门给钢琴调音。李菁就感觉很幸福，祝福这一对璧人，一直幸福下去。

"刻骨铭心",让失散的亲情重新连线

自学成才,成为名副其实的模拟画像专家

林宇辉,1958年出生在山东济南,从小随爷爷学习人物画,进入济南市公安局交警大队后,林宇辉一直从事与美术有关的宣传工作,后来,他成为《山东公安》杂志美术主编,而且一干就是十六年,他喜欢这份工作,虽然日常琐事比较多,但只要没离开画画,他就觉得幸福。然而,随着《山东公安》杂志停刊,这份岁月静好被打破了,等待他的是被迫转岗。

林宇辉被调到山东省公安厅刑侦局,有一天,他被电视上一位模拟画像专家吸引,根据目击者的口述,专家描绘出犯罪嫌疑人头像,警方根据这张头像,抓住了犯罪嫌疑人,成功破获了一起文物盗窃案。这让林宇辉大开眼界,一张模拟画像竟然起到这么重要的作用,林宇辉从来没有想到过。山东省的刑侦模拟画像还是一片空白,而碰巧自己又擅长人物画，为什么不试试呢？

　　经过领导同意，他开始学习模拟画像，技术上从零基础开始，他查找有关模拟画像的资料，上网搜集相关信息，只要与模拟画像有关系的，他都要仔细研究一番。光有理论还不够，模拟画像主要靠对人物肖像的熟悉，包括五官、脸型、眉宇等。林宇辉随身携带一个本子，无论走到哪儿，稍有空闲时间，就拿出来画几笔。人多的地方，就是他最喜欢去的地方，火车站和闹市区，一天下来，背包里装满了各种人物的头像画。

　　"如果模拟画像工作者有比较高超的技术，绘制出的相似度能达到60%，这就可以用于办案了。"当林宇辉的模拟画像相似度超过60%的时候，山东省泰安发生了一起纵火案。犯罪嫌疑人用汽油纵火，造成一死两伤，现场非常惨烈。林宇辉接下任务，画出了一张模拟画像，警方根据这张画像，三个小时就破了案。初战告捷，林宇辉由衷地高兴，仿佛一个春种秋收的人，品尝与人分享果实后的喜悦。这之后，他又陆续参加了一些大案要案的侦破，成为名副其实的模拟画像专家。

一战成名，帮助美国警方破案

　　2016年，林宇辉应中央电视台邀请参加《挑战不可能》节目，他要根据三张模糊不清的照片，从四十八位女孩中，找到这三个人。这三张照片经过技术处理，根本看不出人脸，而台上的四十八位女孩，长相相似，穿同样衣服，从远处看，就像四十八个双胞胎，在这样的情况下辨认，难度系数可想而知。偏偏嘉宾席上的李昌钰教授，要求节目组把女孩的头饰去掉，辨认的门槛又抬高了，全场人员都为林宇辉捏把汗。

　　面对三张模糊的画像，林宇辉不慌不忙，抓住照片上的人物特征画了三张像，再根据画像对照舞台上的女孩寻找，反反复复的挑选过程中，人们的心提到嗓子眼，现场氛围紧张到有人晕倒。几经周折，当他顺利地完成挑战时，现场响起一片赞叹声。

李昌钰是美籍华人，知名的刑事鉴识专家，在美国和全世界都享有盛名，在《挑战不可能》决赛中，林宇辉根据六岁孩子的模糊照片，画出成年的样子，让李昌钰十分惊喜，他用"刻骨传神"来形容林宇辉的模拟画像技术，并亲自为他带上挑战不可能的奖牌。李昌钰十分爱才，作为前任会长，李昌钰推荐林宇辉加入了"国际鉴定协会"，林宇辉成为该协会成立以来，唯一的亚洲模拟画像专家。

张莹颖在美国被绑架失踪案件在网上持续报道，李昌钰向美国警方推荐了林宇辉，希望借助他的模拟画像帮助破案。美国警方提供的监控视频非常模糊，光线暗，噪点多，整个视频中，犯罪嫌疑人只露出上半部分脸，而且角度很偏，对于模拟画像来说，并不理想。三段视频被两位视频专家分解成两千多帧图片，林宇辉在这些照片中一帧一帧地找，终于挑出其中两帧作为参照。

林宇辉进行了仔细分析，这个人体型比较健壮，结合他的脸部和脖子的轮廓，林宇辉确定他是个白人，在平时练习中，他画过各种肤色的人，对于白人的面部非常了解，根据侧面暴露出来的前额和鼻子，构架出了这个人的脸部布局。

6月21日凌晨结束模拟画像后，困倦的他再也顶不住了，放下肩头重担，整整睡了一天一夜。几天后，美国警方抓获犯罪嫌疑人，他们被林宇辉模拟画像的高度相似惊呆了。张莹颖的律师在第一时间给他打电话说："我特别想跟你讲的是，这个犯罪嫌疑人的照片和你画的这两张素描非常非常接近，我们都表示非常钦佩，也感谢你为这件案子所做的贡献。"

为爱画像，让亲情重新连线

二十四年前，王明清丢失了女儿王启凤，寻找多年一直没有结果，他做了网约司机以后，印了上万张卡片，希望乘客帮助他寻找女儿。他的举动被媒体报道后传到网上，林宇辉的女儿林嘉看了相关报道，被王明清深深的父爱感动了。但是她注意到一个细节，王明清拿着三岁女儿的照片寻找二十六七岁的女孩，谈何容易，要是父亲能帮助他就好了，她把想法告诉了父亲。

作为父亲，林宇辉非常理解王明清寻找女儿的心情，他主动联系王明清，要来相关资料。"我收集了王明清夫妇以及他儿子和小女儿的照片，经过分析研究，不到一周的时间就画出了第一稿，立刻就给王明清发过去了。"王明清如获至宝，赶紧发到网上，然而三四个月过去了，画像就像石子投入大海，没有惊起一丝波澜。日子悄无声息地继续着，王明清坐不住了，主动联系林宇辉，问他能不能帮忙再画一幅画像。

林宇辉在画第二版之前，他并没有急于动笔，而是针对第一版画像，思考了很多问题。如果王启凤生活在农村，受生活条件限制，她看起来应该比实际年龄要成熟些，所以在画第二版时，林宇辉做了很多改动，"这样我就又给他画了第二版，第二版跟第一版相似度还是有的，并不是说画成了两个人。"

第二幅模拟画像发布半个月之后，奇迹出现了，有一个叫康英的女孩，给王明清打来电话，说自己与画像上的女孩长得很像。原来女孩从小被养父收留，结婚后随丈夫到吉林生活，虽然有了美满的小家庭，但是她一直希望能找到亲生父母。王明清和妻子通过网络与女孩视频，三个人见面后，哭得泪流满面，无须多说，他们彼此认定，对方就是自己的亲人。经过警方DNA鉴定，康英与王明清为父女的可能性为99.99%。

这次通过画像帮助王明清找到女儿，不仅是世界首例，也是对于儿童跨年龄模拟画像的一个挑战。林宇辉说："将来这种画像可以更多地运用到打拐寻找儿童，用这种绘画的方式让更多孩子能够回到家，能够找到自己的父母，我相信会发挥一定的作用。"林宇辉希望模拟画像在未来，能够更多地运用在打拐案件中，为儿童跨年龄寻找亲人提供帮助，让失散的亲情重新连线。

那些刀尖上起舞的日子

有这样一个人,他隐匿身份,周旋于毒贩中间,在蛛丝马迹中寻找破绽,无数次面对险境,上演着真实版无间道,他就是云南省普洱市公安边防支队长、缉毒英雄印春荣。

那些不曾忘却的心痛

刚入伍时,印春荣是一名军医。云南省保山市公安边防支队龙陵边防大队在一次缉毒行动中,需要一个人扮演马仔打入毒贩内部,但当时人手不够,于是印春荣主动请缨,由医师变成了"马仔"。

接头后,两名毒贩并不信任印春荣,坐摩托车交货时,他们把任春荣夹在中间,如果稍有破绽,两人就会拔刀杀掉他。途中他们的摩托车误闯红灯,被交警拦下,毒贩害怕事情暴露,想要逃跑。印春荣想,交易还没进行,人赃未获,毒贩跑了怎么能行?他见交警是个熟人,便主动迎上去,一边掏烟一边说:"老哥,我们从山里来,不懂城里的规矩,求你放我们一马。"他冲交警使了个眼色，交警认出印春荣，立刻会意，把烟拦了回去，"下次注意啊！"交警故作严肃，挥手放行。

毒贩觉得印春荣办事老道，是个行走江湖的人，开始信任他，带他来到宾馆，按计划进行交易。印春荣捧了杯茶，假装站在一旁观看，见时机成熟，他拿起茶杯砸向其中一个毒贩。另一个毒贩见势不妙，拿刀刺向印春荣。印春荣并不惊慌，转身躲过刀锋，顺势把毒贩扑倒在地。这时，专案组人员冲了进来，合力将毒贩制服，并当场缴获海洛因9.85克。从此，印春荣走上了缉毒一线。

印春荣出生在云南边城瑞丽，那里风景旖旎，民族风情浓郁，但与毒品重地"金三角"毗邻，毒品买卖活动十分猖獗，很多毒贩从瑞丽拿货，运到全国各地高价出售，牟取暴利。

中学读书时，一天下晚自习回家，印春荣看见路旁躺着一个人，想帮忙扶起来，可是凑近时发现那人已经死了，手里还拿着针管。他害怕极了，跑回家把这事告诉了家人。印春荣的父亲匆忙跑出去，不一会他听见父亲对母亲说，那人是附近邻居家的儿子，因为注射毒品过量死亡。

后来，他听家人说，那个人的媳妇丢下年幼的孩子和多病的老人走了。上学路上，印春荣常常看见一个羸弱的老人领着孩子坐在路边，目光呆滞地望着远方，而那个孩子扯着老人的衣襟，哭闹着要妈妈。

一个好端端的家庭就这样散了，留下一老一小，孤苦无依，印春荣看在眼里，痛彻心扉。"我们在边境多查一克毒品，多抓一名嫌疑人，老百姓就少受一份害。"走上缉毒前沿，印春荣深知身上的责任重大，他暗暗发誓，要从源头抓起，彻底铲除毒瘤。

孤胆擒敌，刀尖起舞

做卧底可不是闹着玩的，更多的时候要面对毒贩的枪口。一次，印春荣与同事在云南保山缉毒过程中，截获一辆装有毒品的车。据抓获的马仔交代，这些毒品是"三哥"准备交给台湾籍毒贩"刀疤"的。经过调查，"刀疤"是个厉害人物，他曾在特种部队服役五年，擒拿格斗样样精通，性格暴戾、疑心重、心狠手辣。"刀疤"的保镖身高超过1.80米，是个大块头，同样身手了得，而且两个人都是枪不离手。

茶楼里，"刀疤"用审视的目光看着印春荣，眼里充满了寒气。印春荣迎上他的目光，看见他脸上有一道刀疤，从眉角到腮帮，犹如叮在脸上的虫子，随时都会蠕动扭曲。他身旁的保镖不时地给"刀疤"介绍云南的情况，看来他对这地方很熟。印春荣心想，这下可遇到对手了，必须全力投入，否则就会性命不保。

印春荣收回目光，从兜里掏出烟，熟练地磕出一支，弓着腰递给"刀疤"，然后掏出打火机等"刀疤"把烟送到嘴里，麻利地点着后，才弓着身子退回来。他哈着腰笑眯眯地对"刀疤"说："大哥正在往这拉货，您稍等一会儿，货到了，大哥就会通知我。""刀疤"点点头，眼神放松下来。印春荣紧绷着的心稍微安稳了些，看"刀疤"的样子，自己是过了审查那一关。

为了争取时间，印春荣和"刀疤"天南地北地聊了起来，从云南风情讲到惊世传奇，茶水续了一杯又一杯，搜肠刮肚地寻找话题。三个小时过去了，"刀疤"的忍耐到了极限，就当他甩手准备离开的时候，同事假装老大的电话来了："货到了，可以交货。"印春荣悬着的心终于放下了，他告诉"刀疤"："大哥来信说可以验货了。"早已不耐烦的"刀疤"想都没想就跟着他进入了专案组的包围圈。

这次行动共缴获海洛因52千克，毒资300多万元，成功打掉了一个正在壮大的贩毒团伙。见过大风大浪的"刀疤"，无论如何也想不到会栽在一个小个子警察手里。

印春荣沉着冷静，表现出众，这段精彩的孤胆擒敌故事在缉毒队伍中广泛流传。

铁血硬汉也柔情

枪口下的生活是提着脑袋走过来的，曾经有人提出拿100万元要他们全家的性命。印春荣笑着说没想到自己还挺值钱，这是好事，说明他们怕了。但是他又不得不考虑，自己和家人的安全正在受到威胁。

有一年，岳父和儿子同时生病，岳父需要到昆明做手术，印春荣的妻子不得不一边照顾父亲，一边照顾儿子，疲惫不堪。当时印春荣也在昆明办案，几次路过岳父所住的医院，却一次都没有进去探望。妻子因此颇有微词，好长时间都不搭理他。

办完案子，印春荣向妻子诚恳道歉，并告诉她，自己正在追踪一伙毒贩，如果对方具有反侦察能力，跟踪到医院，不但案子破不了，还会威胁到家人的安全。妻子听罢恍然大悟，原来丈夫不是个无情无义之人。妻子对他敬重的同时，又多了一些担忧。

结婚多年，印春荣和妻子聚少离多，他对妻儿充满了愧疚。在央视一档节目录制过程中，说到老师让写一篇关于六一的作文，儿子写的是"我和爸爸一起度过了六一儿童节，我特别开心"。而印春荣清楚地记得，那个儿童节自己正在外地办案。儿子的话语触碰了一个铁血硬汉的柔情，节目录制完，他把自己关在化妆室里放声大哭。

印春荣亲眼看到很多战友为缉毒付出了生命。2014年，印春荣与越南、老挝、缅甸边防部门多次会晤后，共同组建了"智慧边防"智库小组，在边境一线建成一道全方位、全时段监管的智能国防屏障。有了这道屏障，他宽慰了许多，至少不会再有那么多战友失去生命。

从事缉毒工作28年来，印春荣曾三十多次卧底，个人缉毒量创公安边防之最。2017年7月28日，印春荣接过中央军委主席习近平颁发的全军最高荣誉"八一勋章"。"为了禁毒，即使把命搭上，我也无怨无悔！"为了保护一方百姓周全，印春荣觉得失去生命也在所不惜。"我是幸运的，一次又一次死里逃生，还能继续战斗在缉毒战场上。而我的许多战友，已为禁毒事业献出了宝贵生命。我要做的就是化悲痛为力量，继遗志、永冲锋。"

此心安处是吾乡

他曾是专栏作家和时评记者,近年来,逐渐从写时评转为写书。《一个村庄里的中国》《追故乡的人》《西风东土》等书,以独特的视角讲述现实生活的表象和肌理,引发人们对现实社会诸多问题的思考,他就是文风自由、明辨、宽容、温暖的熊培云。

在生活的磨难里学会思考

20世纪90年代初,熊培云考上了南开大学,这个消息轰动了整个乡镇。为供他读书,家里已经捉襟见肘,但是考虑到孩子考上了这么好的学校,是整个乡镇从来没有过的大喜事,父亲还是狠狠心拿出钱,接连在村里放了两场电影。十里八村的乡亲们都赶来祝贺,熊培云既感受到浓浓的乡情,又体会到殷殷众望。"那是一种朴素而神奇的内心契约——村里电影都为你放了,你将来怎么可以有负于父老乡亲?"

大学期间,熊培云除了保持对文字的喜爱,更多的时间用在了赚钱上。饿肚子的感觉比什么都来得实在,边读书边赚钱的日子里,他对人生和社会有了更多思考,贫穷从来都不是生活带给人们的障碍,相反,没有那段日子,他的未来或许不会那么精彩。

应该说熊培云是幸运的,毕业后他在一家报社工作,那正是纸媒吃香的年代,可以拿着不错的薪水。他每月除了买些日用品外,大部分的钱都寄给家里。

"一个人,在他的有生之年,最大的不幸恐怕不在于曾经遭受了多少困苦挫折,而在于他虽然终日忙碌,却不知道自己最适合做什么,最喜欢做什么,最需要做什么,只在迎来送往之间匆匆度过。"熊培云在报社工作期间,发现人们变得越来越实际,很少有人沉下心去读一部小说或一首诗歌,熊培云本是个爱思考的人,遇事有观点有见解,所以顺势而为开始写时评。

他的脑子里总是装着比别人更多的想法,对新事物接受得也比较快,通常一个社会现象发生,他会很敏锐地察觉到焦点之处,迅速动笔,加班加点。他的产量非常高,有时候一天写几篇,三年时间里,他大约写了一千多篇评论。熊培云以其理性且有情怀的思想、温和而向上的力量,两次入选世纪中国网友"百位华人公共知识分子"。

让我们所处的时代,成为最好的时代

"写作必定成为对时代尽责的一种方式。"熊培云认为写评论是一件很有使命感的事,需要对社会责任有所担当。虽然不会收到立竿见影的效果,但是可以提醒大家从自身觉醒。"我们唯一可做的,就是一点点努力,让我们所处的时代,成为最好的时代。"

写评论的过程使熊培云逐渐成长,随着眼界放宽,他渴望去国外看看,开始期盼单位能给他一个外派的机会。这样想着,日子就蹉跎了下去。2002年的一天，熊培云下班很晚，当他迎着凉爽的风走下楼，打开自行车锁的一瞬间，突然灵光一现，一个声音在他内心响起："你为什么要在这里等机会呢？你年轻，还有梦想，你能为自己决策。如果连你都不肯给自己机会，谁还会给你机会？"

原来这么多年，一直是自己锁住了自己，他鼓起勇气，为自己做出了决定：辞职！几个月的时间里，熊培云办好了赴法国自费留学的手续。熊培云依靠往日做兼职攒下来的积蓄，交了学费。在留学的日子里，他边学习边打工，除了赚够生活费之外，还承担了患病母亲的手术费和营养费。

法国农村的自然环境非常好，宽阔的道路修整得很平坦，路边栽种着各色花草，到处是一派清新的景象，那里的公共设施比较完善，偏远的地方也有邮局和图书馆。陶醉在法国乡间的熊培云不禁想起了自己的家乡——江西省永修县是个偏僻的地方，自小在那里长大的他，深深体会到乡亲们生活的艰辛。熊培云多么希望家乡也能像欧洲乡村那样尽快发展起来。

在公共领域发言，是一种责任感，他思考如何把发言周期放长一些，意义再深远一些：如果用一本书的容量来讲道理，是不是会更深刻呢？"几十万字的书和一篇短文章效果是不一样的，我愿意做更长线的事情。"他开始慢慢放弃评论，拒绝约稿，把心思和精力转移到写书上来，他说那是自己的"天命"。

种子已经发芽，剩下的事情交给时间来完成

熊培云回国后，为了有更多的时间写作，选择了回母校南开大学任教。这么多年来，熊培云的身份一直在变化，不变的是他对文字的执着和激情，还有他一直热心的观察和思考。他认为自己是一个谦卑的思考

者，思考使自己明辨是非，探究本源，透过错综复杂的表象看到更深层次的东西。

有一年，熊培云先后三次回家乡。第一次是在春天，仅在家乡待了十几分钟。就在这短短的十几分钟里，他看到儿时常去玩耍的晒谷场空荡荡的，那棵看着自己长大的古树没有了，只剩下一个大坑和一些干枯的树根，像极了失去眼球的眼眶，残断的神经支离破碎地望向天空。

第二次回家乡是夏天，出于内心深处对古树的怀念，他走访了村民，村民说古树被卖掉了，村民扼腕叹息的神情让熊培云心里非常沉重。那年年底，他再次回到家乡，还可以听到人们谈论古树，当听到一位打工返乡的人说他正在呵护古树根，希望它能重新发芽时，他的心被戳得生痛。

一棵古树见证了几代人的成长和时代的变迁，早已经成为游子归乡的根。前人栽树后人乘凉，那棵恩泽后人的古树再也回不来了。那些出卖古树的人，不但出卖了自己的灵魂，也出卖了自己的家乡。

熊培云从家乡想到了整个中国农村，他花了大量时间来写《一个村庄里的中国》。他多条线索推进，深刻探讨农村普遍存在的现实问题，以及日渐荒芜的农村未来的命运。他在书里谈及农村衰败的原因，也谈到衰败以外的成长，希望越来越多的人才带着资金返回农村，相信农村一定会重新建设起来。

熊培云有一个习惯，不管去哪里，都随身携带着心爱的单反相机，摄影是他的乐趣。熊培云的心始终在流浪，随着那棵古树不知道被拐卖到了哪里，故乡在他心里变成了双重枷锁，是一个出不来也进不去的地方。此心安处是吾乡，为了释放心灵，他把保存在相机里关于故乡的记忆重新翻拣出来，配上情感和思考的文字，完成了图文集《追故乡的人》。

这本书，虽然文本轻盈，但涉及的话题仍然厚重。在这本关于故乡的书中，熊培云感到自己逐渐找到了答案。"我所追寻的故乡不只是一个地理上的概念，它包括一切可以安顿我人生激情的东西。没有这些，我对故乡的爱就只是随遇而安，而不会有真正的自由。"

　　一次课堂上，曾有学生问熊培云，如果世界末日来临，他会随身带着哪三样东西？熊培云回答说："那一定是一个本子、一支笔，还有一瓶矿泉水。"水是延续生命的，纸和笔是用来记录思考的，这三样东西在他的生命里缺一不可。

素白明月心，冷静克制之美

文晏凭借电影《嘉年华》获得金马奖最佳导演奖，现场颁奖词提到：电影描述了一桩未成年少女性侵案，目击者同为少女，镜头捕捉了被无力感层层包挟的青春，冷静而不煽情的批判，反而更深烙人心。面对这样一个题材，文晏采取冷静克制的态度，把空间留给人们，希望作为旁观者的每一个人，思考一下自己应该承担的责任。

文艺电影熏陶出来制片人

文晏是在美国学平面设计和艺术史的，做导演，算是半路出家。在美国读书时，她经常去林肯中心和纽约现代博物馆，那里藏有大量艺术电影，定期举办放映活动，艺术电影的独特魅力吸引着她，就在那段时间，她爱上了电影。

第一部入门的电影是《四百击》，创作者独到的见解和特有的表达方式，给文晏的电影世界打开了一扇窗，她开始对电影有了新的认识和思考。这部影片对她来说影响深远，仿佛融入血液，也许有一天，这种影响会沿着她的血脉生长，枝繁叶茂，开出一树一树的花。

刚进电影圈时，她把自己定位在学习阶段，一无所知的她从海外发行干起，顺利进入行业内部，很快掌握了电影制片各个环节，并着重对我国艺术电影整体情况，做了详细了解。进入这道门槛并不难，但是她的电影梦远不止这些。

2007年，文晏担任了剧情电影《夜车》的制片人。导演刁亦男是新手，文晏根据电影情结，结合自己的艺术眼光，从服装到摄影，以及拍摄手法和呈现方式等，给了刁亦男很多建议。与传统制片人不同，文晏把更多的心思放在电影创作上，亲自参与剪辑工作，从开始拍摄到后期制作，她在这部电影上投入的精力并不比导演少。

刁亦男决定拍《白日火焰》的时候，第一时间想到了文晏，两个人再度合作。这部影片历时八年，期间经历了无数起伏，但文晏始终觉得这部电影值得坚持，制片人的经历，给她的性格沉淀出一份冷静，剪辑的时候，她冷静对待，果敢决断，没有一丝拖泥带水。2014年，《白日火焰》在柏林国际电影节上，一举拿下最佳影片金熊奖和最佳男演员奖，作为华语电影，一时间备受瞩目。

留一份素白邀约思考

就在《白日火焰》尚未尘埃落定时，文晏导演了一部自己编剧的电影《水印街》，影片讲述了一对年轻恋人的故事，有着特殊职业的女孩和男孩偶遇后，因为卷入一场纷争，改变了两个人的生活。文晏想要借助这个爱情故事，讲述社会存在的禁忌和边界。她的作品就像她的人，平和而理性。

受在美国时看的那些艺术电影影响，在她自己的作品中，保持着克制和审慎的态度，站在理性的角度上，表现一种接近现实的东西。那些通过寻求音乐的刻意烘托和画面的极致炫丽，吸引人们眼球的影片，虽然看起来很饱满，却掺杂了某些主观上的东西。她不会轻易给影片做出判断，也不会根据判断去努力渲染，她怕那样做会无意中绑架了人们的思想。她更喜欢诗意的留白，给观众腾出广阔的空间，让他们去感受，去思考。

"我觉得，艺术电影总是在邀请人们在观影过程中加入自己的东西，并非是坐那儿睁眼就能完全接受的状态。它在引导你参与，这个镜头告诉你一些，下个镜头又透露一些，逐渐丰富和开放的过程。每个镜头都是对思考的一次邀请。"

因为题材的原因，影片《水印街》未在国内公开上映，但是作为中国内陆唯一一部剧情长片，《水印街》入围威尼斯电影节"影评人周单元"惊喜电影，获得温哥华电影节特别奖，波士顿电影节评审团大奖，文晏被邀请出任第71届威尼斯电影节最佳处女作奖评委，意大利《电影杂志》期刊将文晏列为全球最有潜力的八位新锐导演之一。

有了这些头衔，她可以继续拍片，拿奖，做些名利双收的事，但是文晏却极其看淡这一切，关于圈子，她总是游离在外。

大部分时间里，她都会停留在自己的世界做事和思考，朋友约她出来吃饭，她会找家安静的小店，点一份沙拉，不管周遭如何喧嚣，她的安静和自持，自有一份素白和清雅。在拍电影方面，文晏更喜欢尊重故事本身，冷静地逐层展开，而不是夸张或过度强调效果，她始终认为"做电影是一件很有尊严的事"。

冷静克制地表现嘉年华时代

拍《嘉年华》最初的想法是来自朋友圈，她经常在朋友圈上看到未成年人遭到性侵的案件，每次她都会点进去看看，但是人们看过了就再也没有后续了，下一秒的朋友圈里，又是铺天盖地的美拍和晚餐。

面对这样的社会现象，文晏有一种无力感，那些事件每天都在上演，事件里的人好像离我们很近，我们作为旁观者，到底能起什么样的作用？这个念头一直萦绕在她心里，挥之不去，一种责任感让她警醒，应该为孩子们做点什么了。

文晏笔下的两个女孩，一个是受害者，一个是主动伤害别人的人，其实，两个孩子都是社会中受到伤害的人，影片中还描述了社会中各色人等，在性侵事件发生时的表现，呈现在观众面前的是一种社会上普遍存在的东西，她力求真实性，还原本质。

整个故事循序渐进，没有过度的夸张效果，没有抓人心的台词和催人泪下的音乐，只有简约的画面和鲜明的主题。文晏知道这样的题材，要特别尊重人物和主题，不能在影片里加入任何炫技，如果观众被一些外在的东西吸引，就不再关注事件本身。文晏在这部影片的处理上，保持着冷静和克制的态度，她没有用眼泪来赚取同情，也没有刻意引起大家强烈的愤怒，眼泪和愤怒不能解决问题，反而冷静地思考和探讨更能深入人心。

"真正的艺术电影，绝大多数优秀的作品都是克制的，电影表达本身就是克制的。"这份克制和冷静之美，并不是所有人都知道它的好，但是文晏做了十年的艺术电影，她清楚地知道自己要的是什么，如同她骨子里的清冷，虽然表面看上去很柔弱，内心里那份坚定，轻易不会被左右。

《嘉年华》的剪辑师杨红雨在剪辑的时候，曾试着用一种传统影片的方式剪出来，但文晏还是把其中认为多余的东西剪掉了。杨红雨说："画面变得很干脆、利落，只要说完了要说的东西，剩下的马上就剪掉了，没有一点多余。我觉得她就是要这种冷静和点到为止，一点抒情、一点煽情的东西都不要。"

《嘉年华》在中国传媒大学崔永元口述历史研究中心的小剧场，做了一次放映活动，崔永元在看片子的时候，觉得导演是一个很绝望的人，他问文晏："你觉得这个世界能变好吗？"文晏说："我觉得真正的悲观主义者，都带有一丝丝乐观，也就是我们在做事的时候，都带有一丝希望。"文晏认为只要我们去做，就会有更多的人跟着做，改变不会一夜之间发生，但它会一点点到来。

要感动别人，先感动自己

吸收东西方文化营养，渴望创意

李玮珉从小生长在台湾，父母是公务员，他们是大陆过去的，因此言传身教中秉承了传统理念。"我母亲有本书叫《古文观止》，不管长短，她听到我背完一篇，如果错字不太多，就给5毛零用钱。"虽然看起来《古文观止》与他将来的事业毫无瓜葛，但是在日积月累的沉淀中，中国文化元素成为他骨子里的一部分，化为灵感，运用自如。

在他高中毕业的时候，李玮珉选择了建筑系，"它几乎是所有科系里唯一能给予我想象空间的所在。"因为喜欢，所以学得很用心。那时候，他是个阳光大男孩，迷恋摄影和旅游，还为杂志做过多年的摄影工作。一颗不羁的心渴望自由和放飞，他经常在某个周末，一人一相机，简单行李，朴素穿着，出去释放一下拥挤不堪的心灵。

日本建筑大部分受中国文化影响，一个檐角，一扇门，都有中国元素在里面，这些正好契合了李玮珉内心深处，对建筑设计美感方面的理解。他曾经站在一座建筑前，为它的雄伟和旖旎落泪，那是一种心灵的震撼，仿佛寂寞已久突然遇到了知己，不用言语，心灵深处的交流已经足够，那种懂，来自灵魂深处。

他希望去探索世界，看看中国台湾和日本以外的地方，人们是如何对建筑文化进行诠释的。大学毕业后，他申请到去哈佛建筑系学习的机会，在这个既传统又专业的学校里，浓厚的文化底蕴和精准的教学方式，为他提供了一个理想的学习环境，与东方截然不同的设计理念和文化元素，成为影响他今后设计生涯的一部分。

李玮珉毕业时，正巧赶上新加坡开始修建地铁，他在新加坡做起了城市规划。地铁周围开发设计是一项规模宏大的工作，尽管他尽心尽力地工作了两年，还是觉得不太适合自己，也正是这份工作，让他看清自己真正喜欢的是什么。

两年后，他辞职离开新加坡，进入哥伦比亚大学，"在哥大读的是建筑设计，非常注重建筑本身内在的探索，注重将建筑本身解构，从而设计打破常规的建筑。"此后多年，他留在美国学习和生活，取得了建筑师职称后，在一家犹太人的公司里工作。犹太老板固执地认为，东方人在技术上占优势，而一些带有创意性的设计，却不让他沾边，李玮珉开始萌生去意。

努力打造善解人意的精品

1991年，三十六岁的李玮珉回到台湾，建立了同名建筑师事务所，规模不大，但是他很知足。很快他接手了一家大学教室内设计工作，开始自学室内设计专业知识，这是他回台湾后接的第一个案子，从整体设计到细枝末节，他都亲力亲为，特别是在小空间设计上，他花费了很多心思，做完了这个案子后，李玮珉发现自己对室内设计越来越感兴趣了。

有人说他回来得太晚了，错过了台湾发展黄金期，但是李玮珉却认为做人和做事一样，要沉得住气。他对朋友说："一点关系都没有，回来成立一个团队，我要十年的时间才能做好。"他心里只想要做出精品，哪怕慢一点也没关系。1995年，他在上海成立了越界室内装修公司，把业务扩展到大陆，2010年，他才在北京成立办公室，没有盲目扩张，不急于求成，就这么一点一点做起来。

作为一个建筑师，小到室内设计空间中的材料和楼梯的尺寸，大到都市和文脉之间相互延续性的关系，李玮珉的经验都足够完整。他的作品涵盖了都市设计、建筑设计、商业空间和住宅设计等多个领域。

随着年龄增长，理性开始代替感性，人也逐渐回归平稳，他将更多的感情投入到工作当中，把人性化作为设计首选，努力打造善解人意的精品。慢慢地，他开始相信，设计师的理想和设计案的服务不能分割，如何达到相辅相成，是作为现代设计师应该努力平衡的一件事。

有一位顾客给他留下深刻印象，"那人要求我除了大门之外，还要在家里开几扇让猫咪能自由行走的'小门'，因为他养猫，我觉得这个主人非常棒，他想到了猫跟人一样都需要活动的空间。"在设计中，他满足了主人的心愿。从那以后，每次设计之前，他都会与居住者交谈，一边倾听，一边考虑在设计范围内，他认为居所不只是睡觉的地方，还应该是一个有温度的空间，可以安放心灵，去掉疲惫，可以感知烟火的存在，有触手可及的热气腾腾，也有远离喧嚣的清静隐秘。

设计要感动别人，先感动自己

"设计就是承载自己对于生活的期望，透过空间的方式呈现出来和别人分享。"李玮珉的设计作品，随意自然，充满丰富的想象，尽管外表低调，里面却很有精神内涵。"设计要感动别人，先感动自己。"这是多年来他对设计的感悟，也是他坚持不懈的追求。

他设计的上海家宅"九间堂"，"三开三进"的儒家风范，大气而内敛，一经亮相，惊艳世人。廊道、庭院、挑檐和水榭"隔而不围，围必缺"，让这座中式庭院似隔而非隔，既方便又实用，其中的美感更是欲说还休，一道围合式高墙对外竖起了屏障，墙外有多少猜想，墙内就有多少妖娆。

在建筑元素上，李玮珉借鉴了现代手法，采用原木遮阳和现代式样的门窗，同时保留了密栅栏、但白墙和竹影荷池等，具有中华传统象征意义的元素。在传统文化里寻根，在现代文化中寻找灵感，李玮珉设计出了别样的中国风，使上海"九间堂"如同一匹黑马，在国内设计圈里，成为具有现代东方禅意风格的金字招牌。他的设计风格，开启了新的时代审美，吸引了马云、叶立培和张九阳等商界名流，他的作品在屈指可数的北上广顶级富豪榜单中，占据半壁江山。

李玮珉还设计了这样一家书店，以天井为中心，用中国传统四合院的建筑形式，将书与店结合起来，"透过天井，你可以感受到冬天的雪和夏天的雨声。"这就是堪称中国最美书店的物外书店，"超然物外"，从名字上就可以感受到浓浓的意境。

拿起一本书，坐在安静的角落里，当你读到"燕子不归春事晚，一汀烟雨杏花寒"时，你会感叹，早春烟雨的寒气里，杏花还是开了，终究是奔着一场花事，不管不顾了。一抬头，透过天井，刚好看到烟雨迷蒙，脑海又会有"水光潋滟晴方好，山色空蒙雨亦奇"的诗句，思绪不由得飞到了西湖，去看雨幕下群山环抱的样子。在这里，处处透着东方美的神韵，一年四季都可以悟出禅意。

现在的李玮珉，依然是个工作狂，只有发自内心的热爱，才会始终坚持，热情如初。但同时，他也会把工作和生活兼顾得很好，下班后，不喜欢凑热闹的他回到家中，换上一身休闲装，专心致志收集他最喜欢的烹调书，他在厨房里安排了四个炉灶位置，他说这是留给将来的，等他想停下来休息的时候，想必这些东西就会派上用场了。

从公益到公众,爱在两个世界里对接

误打误撞,中央美院高才生做公益

2003年,苗世明从中央美术学院毕业后,办了三年的高考美术培训班,但是那种精细和完美让他觉得是一种桎梏,苗世明选择回归创作。画画之余,他喜欢上了艺术展览策划。

最初,苗世明想为798原厂的下岗工人进行艺术培训,但是他们都忙着找工作,根本没有时间参加。他把"需要价值提升"的范围扩大,在北京一个社区,苗世明找到了14位脑部残障人士,每天教他们画画,一个月以后,这些人逐渐走上了正轨,可以画出一幅比较完整的画了。其中有一位四十多岁的大叔,因车祸脑部受到严重撞击,他能画出很多不同的小人,而且这些小人的表情和动作都不一样,这让苗世明十分惊叹。

他发现这位大叔的画里有自己的情感和思想,好奇心让他有兴趣和这些人继续相处下去。苗世明从网上看到,我国这类人群占有很高比例,大部分人因为各种原因被关在家里，即使有才华，也没有表现的机会，而法国早在四十年代就有了"原生艺术"的说法，其中就包括精神障碍患者的作品。根据多年的策划展览经验，苗世明觉得这件事在未来有很大的发展空间。

2010年，苗世明以上海为起点，开始全职做WABC，含义是"无障碍艺途"。他是想通过建立社区站点工作室的形式，开设艺术潜能开发课程，在原创作品面世后，WABC通过专题展览和销售衍生品等方式获得收入，并将一部分收入以版税形式返回给残障人士。

自从做了公益事业，自己由资助别人的人变成了被资助的人，很多人对他的行为非常不解，明明是一个大有前途的人，却要整天和一群智力不太正常的人在一起，风言风语传得到处都是，但是苗世明却不为这些人所动，亲自邀请家长参与机构的学习课程，苗世明对这些家长说："这些孩子需要的，就是一些专业组织来提供一些艺术赋能，一种精神上的服务，让他们更好地去融入社会。"

理解接纳，一种责任感推动着他走到前台

开始工作初期，苗世明发现参加者中孩子居多，其中有一个叫小宇的孩子很特别。小宇是个典型的自闭症患者，苗世明看到他的时候，这个九岁的孩子只会到处乱跑，随意丢东西，整个人处在无序状态。跟着课程学习了大概有一年的时间，有一天，小宇妈妈找到苗世明，给他看一样东西，那是一张放生日蛋糕用的一次性纸盘子，上面画着很多优美的线条和美丽的色彩。小宇妈妈说："看看孩子的画，他终于可以画出一张画了。""这真是小宇画的吗？"苗世明不敢相信自己的眼睛，小宇妈妈激动的脸上挂着泪痕，重重地点了一下头，苗世明也有种想哭的感觉。

在这之前，小宇妈妈总是强迫他画不喜欢的东西，弄得小宇非常焦

躁，他告诉小宇妈妈说："你就让他画 200 个盘子，需要任何物质支持，我们来提供。同时你也不要干预他画的内容。"一个月之后，小宇妈妈带给苗世明很多关于盘子的画，每一幅都很精美，其中一幅是他在看了凡·高的星空之后画的，画面空灵静谧，让人看着很震撼。从那以后，小宇妈妈再也没干涉过孩子画画，小宇也变得越来越安静，慢慢融入人群中。"他需要的是接纳，他需要自身表达能力的提升，这样才能形成所谓的两个世界的对接，相互的融合"。

看着很多孩子有了转变，他更加有信心把 WABC 做下去，"有的人觉得你把培训或者教育、医疗中的某一个做好就行了，但是对于我来说，这必须要产生很大的影响，否则没有意义。"

苗世明会穿着印有孩子们作品的衣服，找到政府和企业，说明衣服上的作品来历，希望他们能提供一些帮助，把这些作品批量生产出来，既解决了这些人的收入问题，又为政府解决了就业。

为了把 WABC 宣传出去，让更多人了解和接纳智力残障人士，他还参加各种媒体活动。自从在宁夏卫视录制了电视节目《谁来一起午餐》后，中坤投资集团董事长黄怒波成为苗世明的创业导师，一次苗世明替他领奖时，发现依文集团董事长夏华也在现场，他很开心，对现场来宾说："我身上穿的这件衣服印着学员的作品，大家说画得好不好看？"台下一片赞誉声，接着他又对夏华董事长说："夏总也可以把它做在西服上。"夏华点头应允，并把电话号码给了他，"你一定要和我联系，我觉得真的很有意义。"夏华一诺千金，很快就根据一个自闭症男孩的作品，推出了一款服装。

苗世明在 WABC 推出了人人志愿者计划，吸引了很多明星加入，其中包括黄渤和郎朗等，他们利用业余时间来到这些学员当中，与他们一起做画，交流互动，看了他们的画之后，这些明星非常吃惊，从来没有想到这些孩子们内心里有这样一个丰富的世界。

不忘初心，苗世明继续走在公益的路上

自从"小朋友画廊"一夜爆红后，越来越多的人开始关注 WABC 的学员们，展示的三十六幅作品，风格各异，形式多样，每幅作品都配有"小朋友"的语音和文字描述，与作品的线条和色彩一起，营造出强烈的情感氛围，直抵人们心灵。很多网友认为这些画"是我无法看到也无法描摹的世界。捐款通过"腾讯公益平台"捐赠给 WABC，用于帮助更多智力障碍人士获得免费艺术疗愈。

原本募捐目标定在 1500 万元，结果就在发起日当天下午两点多，募捐金额已经超过了这个数字。事实上，这只是腾讯公益"99 公益日"的七个预热项目之一，苗世明的团队精心打造了很多计划，还没开始推，仅仅是一个测试，就取得了惊人的成果。

就在刷屏的第二天，苗世明正忙着接待媒体采访，全国十个城市的工作室里，聚集了很多学员和家长，他们竟然不约而同地来到工作室，一起庆祝狂欢。面对着镜头，苗世明很感动，一方面公众开始接纳并关注智力残障人士，另一方面，这些年的辛苦和坚持终于有了成果。

"相比筹钱，我更希望的是用更多的参与来筹认知，让大家意识到这样一个群体的存在，听到他们的声音。"他找来其中一位小朋友当场作画，很多在场做直播的媒体都被震惊了。他对媒体说："希望大家的讨论和认知不要只停留在钱的层面，更希望公众能够看到我们为什么要做这件事，到底我们在呼吁什么。"

做 WABC 这八年来，苗世明经历了很多，迄今为止，苗世明已经在全国 10 个城市成立了工作室，联合了近 40 个学校、社区和医院，为自闭症、脑瘫、智力障碍和精神障碍等患者，提供免费的艺术疗愈和社会融合服务。2017 年 12 月，苗世明获得《中国新闻周刊》举办的"影响中国"2017 年度公益人物奖项，但他心里清楚，做公益不是一朝一夕的事，尽管任重道远，苗世明依然不忘初心，会继续在这条路上走下去。

第四辑　春风十里，看见心灵笑的样子

春风十里，看见心灵笑的样子

不要让别人淹没你的声音

1936年，玛瓦出生在美国亚拉巴马州的小镇上，这个小镇是黑人聚集区，人们生活普遍贫困。当时的美国，种族歧视非常严重，黑人孩子要想出人头地，几乎是不可能的，所以很多孩子选择顺从命运，随波逐流。但是，玛瓦却是一个特例，她像一棵树，尽管周围环境恶劣，但她依然倔强地生长。

玛瓦能有这样的自信，得益于她有一个好父亲。为了不让玛瓦受种族歧视的影响，跟其他孩子一样泯灭在众人之中，父亲不断地鼓励她："你很聪明、很漂亮，也很特别，你长大后肯定能做秘书的。"当时的黑人女性能做秘书已经很了不起了。

22岁那年，她果真成为一名秘书，工作了两年以后，她对教育工作产生了浓厚兴趣。她开始读夜校，拿到了教师证书，并加入了芝加哥内城的公立学校。

芝加哥市中心是黑人聚居贫民区，这里整日充斥着暴力和毒品，她亲眼目睹了12岁的孩子放弃读书，加入街头帮派，在帮派斗殴中死亡的事件。面对这样混乱的社会秩序和懵懂无知的孩子，玛瓦觉得自己应该努力把孩子们从糟糕的现实中，引导到文明的世界中去。

她认为首先要教给孩子自信，在她班里有一位小姑娘，胆小自卑，上课回答问题的声音特别小，玛瓦了解到她很小就失去了父母，奶奶到处做零工把她拉扯大，女孩告诉玛瓦，将来一定要做老师这样有出息的人，挣钱养活奶奶。以后的课堂上，玛瓦总是鼓励她说："大声点，亲爱的，不要让别人淹没你的力量，否则你一直都是小人物。"这样鼓励过几次后，小女孩的声音大起来。

玛瓦又试着让全班孩子在朗读和回答问题时大声点，结果很快班里的孩子个个精神倍增，她不厌其烦地告诉学生们："我相信你，你能成功，自己承担起自己的责任。"

玛瓦班里有两个"混世魔王"，有一天，其中一个边上课边嚼口香糖，偶尔还要弄出点声响，惹得全班哄堂大笑。玛瓦把这个孩子单独找出去谈话："亲爱的，你是个很聪明的小帅哥，但是你今天的行为却影响了你的形象，这种做法是不对的。"这个捣蛋鬼红着脸低下了头。玛瓦说："既然你喜欢嚼口香糖，那你就写一篇关于口香糖的文章，看看你对口香糖了解多少？"

第二天，这个孩子在文章的结尾处写道：老师，我知道自己的行为是不对的，我犯错误了。玛瓦给孩子的评语是：没关系，有错误是说明你需要帮助了，一个人如果连犯错都不敢，他终将一事无成。这个孩子从此像换了一个人，"混世魔王"不见了，取而代之的是一个勤奋好学的孩子。

由于学校中规中矩的教学制度，玛瓦决定从图书馆和书店找来一些故事书，让学生们阅读，很多孩子四年级就能读"爱默生"和"莎士比亚"的作品。但是，她的做法引起一些人不满，甚至遭到排挤，看不惯学校作风的玛瓦决定辞职，1975年，她开办了一所属于自己的学校。

你见过心灵笑的样子吗

刚开始来的学生，大部分是被公共学校退学的，或是被认为智力有障碍和心理有问题的孩子。玛瓦认为"每个学生，都深藏着一颗闪闪发光的赤子之心"。只要给予他们足够的关爱和鼓励，就会打开心灵的窗户，让阳光照进来。

艾瑞卡是个叛逆的女孩，母亲在她还小的时候，抛弃了病重的爸爸，跟着有钱人跑了。她的心里充满了对母亲和这个世界的仇恨，无论做什么，她都喜欢跟别人对着干，最后被公共学校开除。

刚来的时候，她总是毫无理由地捣乱，不是扔掉书本，就是撕碎习题，然后用眼神挑战玛瓦。当然，玛瓦是不会接受挑战的，她看到没有妈妈照顾的艾瑞卡，脏兮兮的头发几乎黏在一起，衣服也好久没有洗过了，玛瓦心疼地帮她洗澡，剪好指甲，拿来女儿的衣服给她换上，看着艾瑞卡干净漂亮的小脸蛋，玛卡忍不住抱住她："艾瑞卡，你是个多么漂亮的孩子，老师爱你。"

艾瑞卡呆住了，她很快回过神来，抱住了玛瓦，哭着说："老师，你就是我的妈妈，我也爱你。"重新感受到母爱的艾瑞卡变成了温顺懂事的孩子，她抛去了心中仇恨，开始了愉快的学习生活。

12岁的汤米是个抑郁症患者，他来学校时对周围的人和事都感到厌倦，甚至讨厌自己。有一段日子里，汤米总是把"死"字挂在嘴边，玛瓦感觉到事情的严重性，就主动和他说话。一大早，玛瓦和汤米打招呼："今天感觉怎么样啊？"汤米说："感觉想杀死我自己。"玛瓦蹲下来，看着汤米的眼睛说："孩子，你有一双漂亮的眼睛，难道你没发现吗，你可以回家照照镜子。"

第二天，汤米笑着对玛瓦说："老师，我昨天照镜子了，我还在瞳孔里看到了自己，妈妈说那是我的心灵，如果心灵笑了，眼睛就会笑，老师，你看到过心灵笑的样子吗？"玛瓦开心地说："你要记得快乐起来，眼睛笑了，就能看到心灵笑起来的样子。"从此，汤米变成了一个爱笑的孩子。

推倒孩子们心中的高墙

玛瓦自己发明了一套看字读音教学方法，可以让一年级的孩子掌握20000多个单词，是传统看图说话法学习单词的10倍还多。玛瓦的课程没有固定模式，为了激发孩子们向知识的更深层次探索，她常常一节课从三角讲起，然后是毕达哥拉斯如何测直角三角形的边长，以及毕达哥拉斯的哲学思想，最后引出与其观点相同的印度教。玛瓦说："知识重要，知识之间的联系与应用更重要。"

每个学生都是独一无二的，都有成功的潜力。在长期的教学实践中，玛瓦依据"苏格拉底"的"对话式、讨论式、启发式"的教育方法为基础，创造了"柯林斯教学法"，强调孩子要大量阅读经典作品，学会独立思考。

"没有谁的命运是注定的，每个人都可以选择自己成为什么样的人。"玛瓦在孩子的思想里，把竖在黑人和白人之间那堵高墙推翻了，她通过各种途径为孩子们介绍外面的世界，鼓励孩子们要有理想，勇敢地追求自己想要的生活。"你们不能当自己仅仅是黑人孩子或贫民窟的小孩，你们必须成为世界公民。"

两位总统曾经邀请她担任教育部长，但都被婉言谢绝了，她说："我属于教室。"她就是著名教育类书籍《玛瓦·柯林斯方法》的作者玛瓦·柯林斯。2004年,布什在为玛瓦颁发代表国家级荣誉的"国家人文勋章"时,这样评价玛瓦:"你作为一名黑人女性,生长在种族主义最严重的时代,却变得如此明亮。"

如今的美国,这种教育理念和技术已经非常发达,人们依然热衷于总结玛瓦的成功之道,她就像教育界的传奇人物。如今在风靡全球网络的《哈佛幸福课》里,主讲人泰勒·本·沙哈尔在课堂上反复提到过玛瓦,一个激励和启发过他的人,最终大家发现玛瓦所做的就是——赞美与信任。

对于生活的热爱，永无止境

重新找到生活的热情和动力

若宫雅子高中毕业后，顺利考进银行工作。当时用的计算工具还是算盘，从笨手笨脚的学习阶段，到代表单位参加比赛，她所有的时间都投入在了工作上。加上天生不服输，凡事都要尽力做好的性格，她错过了恋爱的最佳年龄。

她和母亲相依为命，日常辛苦工作，休息时去较近的地方旅游。虽然一直单身，她觉得这样生活也不错。

转眼到了退休年龄，办完手续，她一身轻松，终于有时间去全世界走走了。她甚至想好了第一站去地中海，然后绕道新西兰……她心情愉悦，仿佛此时就坐在海边，端着咖啡，欣赏着绵延的海岸线，身边是盘旋的海鸥。激动中，她立刻去买了第二天的飞机票。

回到家，她正想把计划告诉母亲，却发现母亲晕倒在厕所旁。送进医院折腾了一下午,母亲总算醒来。医生说她病很重,时刻要人守护。若宫雅子退了机票,将旅游梦放回心底。

窝在家里照顾母亲,连说话的人都没有,若宫雅子快与世隔绝了,再这样下去,怕连说话的能力都会消失。这天,她看到一则广告,大意是若感觉寂寞,把某品牌电脑带回家,足不出户,就可以和很多人聊天。再没有比这更好的东西了,她想都没想就买了一台。

电脑搬回家,她激动地找开关。可眼前的机器像一只蜷缩的刺猬,让她无从下手。她突然意识到,自己对电脑一无所知。

不服输的劲头又来了,高科技固然神秘,但自己有的是时间。照着说明书,她采取了最笨的办法——在不断拆装中,了解各个部分功能,了解透了,就会用了。

从组装完大部分零件,到熟知每一部分的衔接,整整三个月,她沉浸在拆装过程里。一天,她把所有零件组装完毕,打开开关,屏幕上弹出几个字"开机成功"。她喜极而泣,开心得像个孩子:"我成功啦,如此完美。"

"一旦你完成了职业生涯,就应该回到学校。在互联网时代,如果你停止学习,它会对你的日常生活产生影响。"与电脑的初次接触中,她深有感触。

恰似扬帆之船,开足马力出发

为了能尽快使用电脑,若宫雅子加入了一个在线俱乐部。这里同龄人很多,大部分是新手。他们一起除了学习电脑,还谈论很多话题,包括未来和新科技。

若宫雅子喜欢这些朋友,视他们为财富,"他们帮我插上了一双翅膀"。她的世界不再沉寂,每一天的朝阳、晚霞都那么美。她步履轻盈,嘴角上扬，一种神奇的力量推动着她，总觉得时间不够用。她喜欢俱乐部的标语"你的人生刚刚开始"，多么振奋人心。母亲100岁时，永远离开了她。她料理完后事，出国旅行梦又苏醒了。

依心而行，她走了很多地方，看到很多美景，也遇到了很多人。酒店里，年轻人都使用电脑，男孩玩游戏，女孩则把美图配上文字，发表出来，看上去蛮不错。她也发现了一个令人尴尬的问题，同龄人很少用电脑，他们或是慢慢喝着咖啡，或望向远处发呆。通过交谈，她知道这些人也渴望使用电脑，但网络上没有适合的内容，操作起来也烦琐，只好知难而退。她暗下决心，一定要开发出网络新产品，为更多人打开新天地。

回国后，她买来很多电脑书自学，最先接触的是Excel。她发现，无论是书中还是在网上，Excel的教材都太枯燥，没完没了的数据和表格，横竖一个模样，理不出头绪。她尝试用新的方法，编写了一套Excel教程。她把表格中的方块填上不同颜色，这些颜色最终形成一幅完整图案。人们在绘制图案的过程中，就能轻松掌握"填充""多项选取"和"边框线"等功能。

通过这种方式画出来的图，被她称为"Excel艺术"。借助这种艺术，她创作了多幅日本传统风格的画作，甚至运用到日常用品中。当她把教材放到个人网站之后，引起了广泛注意。目前，这部教材已在日本电脑学习班里普遍使用。

"人总是随着年龄的增长，变得更加悲观和消极。但是通过学习，以及教授他人新的事物，你可以重新找到生活的热情和动力。"随着更多人从她的Excel成果中受益，若宫雅子学习的欲望更强烈了。

做个信息技术的传教士，成为她的理想。信息技术如此迷人，随之而来的电子产品则让人眼花缭乱，她希望自己是一条扬帆的船，碧波万顷，风儿正好，开足马力，向着神秘的远方出发。

此生终不悔，灵感如泉涌

随着智能手机普及，若宫雅子用上了 iPhone。一段时间之后，她发现了同样的问题：几乎所有 App 都是针对年轻人设计的，技术行业对老年人关注甚少，特别是在游戏问题上。

她多次要求软件公司关注老年群体，但由于市场利益关系，这些呼吁都石沉大海。若宫雅子决定亲自动手。

在硅谷，一些公司认为 40 多岁的员工已经老了，而苹果公司员工的平均年龄只有 31 岁。可见，她这个退了休的自学成才者，想做成这件事，得付出多少努力。

之前她一直使用 Windows 程序，如今面对陌生的苹果电脑操作系统，如坠烟海。从苹果开发语言 Swift 开始，她边自学边摸索。幸运的是，她认识了一位住在东京附近的年轻人。他热情开朗，帮助若宫雅子解决了很多问题，两人还成了忘年交。半年后，她终于开发出一款 App 游戏。

在日本，女儿节又叫"上巳"或"桃节"。这个节日融入了很多中国文化元素，至今仍有人认为这一节日来源于中国。每年 3 月 3 日，从女儿节的前半个月开始，民间要举行盛大庆典，有女儿的人家会摆出做工精湛的人偶。这些人偶造型优雅，穿着讲究，一身华服。庆典一直延续到女儿节那天，目的是祈祷女儿健康成长、平安幸福。

若宫雅子的灵感就来自女儿节，游戏命名为"雏坛"。没有复杂的剧情和操作，人物是穿着不同服饰的玩偶，有皇帝、皇帝家人和宾客。玩家通过系统语音提示，把玩偶按正确位置，摆放到展台上。看似简单，玩家却要记忆人物的位置，这也是最吸引人的地方。

游戏投入日本市场后，下载量竟达到 4.2 万次。最受益的是老年人，他们不必再忍受年老给身体带来的限制，而独自坐在家中忍受孤独。他们可以拥有自己的游戏，不仅体验到快乐，还可以锻炼眼神、手指。

2017年6月6日，作为世界上年龄最大的App开发者，82岁的若宫雅子应邀出席了苹果全球开发者大会。她身着红衣，神采奕奕地站在一群年轻人当中，演示着自己的App。苹果首席执行官蒂姆·库克赞扬她是"灵感的源泉"。

"随着年龄增长，你会失去很多东西，你的丈夫、你的工作、你的头发、你的视力。但当你开始学习新东西时，不管是编程还是弹钢琴，这些都是一种加分。"2017年11月，中国在西安举行了首届"全球程序员节"，若宫雅子通过视频表达了欣喜，为全球程序员送上祝福，当然，也包括她自己。

浩渺天空中一颗璀璨的星

朱莉·帕耶特是加拿大航天事业的先驱,曾先后两次进入太空。她熟练掌握六国语言。她是运动员、钢琴家和合唱团歌手,持有商用飞机驾驶执照。作为护旗手,她还参加了 2010 年温哥华冬奥会的开幕式。

如今这个传奇的跨界女神又多了一个身份。2017 年 10 月 2 日,帕耶特在加拿大国会宣誓就职,成为新任总督。

有着不一样梦想的女孩

20 世纪六七十年代,美国和苏联在太空方面竞争激烈,势均力敌,电视上常常会看到双方飞船飞上太空的消息。浩渺的太空里,宇宙飞船自由自在地遨游,每次看到这样神秘的画面,都会引起帕耶特无限遐想,太空上有些什么呢?星星上有没有和自己一样好奇的小女孩?

夜幕降临,帕耶特可以长久地看着天空,幻想自己会生出一双翅膀。夏天的夜晚,当她看到北极星的位置和冬天不一样的时候,她知道自己总有一天会登上太空。

帕耶特出生于 1963 年,那时的加拿大正处在男权时代,很多领域女性尚未涉足,高端的航天领域更是由男人包揽。突然有一天,一个 16 岁的女孩认真地说:"我将来要做宇航员。"大家听了,毫不避讳地笑了:"孩子,你要有时间就给你的小花裙配上一顶好看的帽子吧,别在不可能的事上浪费时间。"

不久,这件事传到她父母的耳朵里。父母很开明,虽然他们连飞机都没坐过,却支持女儿的想法。这天晚饭后,父亲告诉她:"很多事没有男女之分。"母亲则说出自身感受:"女孩心思更细腻,情绪更稳定,做这项工作更有优势。"

1983 年,当罗伯塔·邦达尔成为加拿大首位女航天员,消息传遍整个国家时,帕耶特欢呼雀跃,事实证明她的想法是对的。她很感谢家人,是他们用温暖和坚持保护了她理想的小火苗,坚持着走到现在。从那以后,邦达尔成了她的偶像,理想的火焰理直气壮地燃烧起来,此刻,谁也阻止不了她。

当同龄女孩聚在一起讨论化妆品时,帕耶特已经走在实现理想的路上,她从各个方面完善自己。她考取了蒙特利尔麦吉尔大学电子工程专业。毕业后,她又来到多伦多大学,读应用科学硕士。她的成绩门门优秀,被老师视为学习天才,其实她知道,自己只是比别人多用功而已。

浩渺太空中一颗璀璨的星

1991 年,帕耶特被推荐到美国国际商用机械公司,在苏黎世研究实验室工作,成为通信和科学专业的科学家。这次出国打开了她的视野,无论学识还是眼界,都有了拓展。一年后回国,她应邀加入贝尔北电计算机电话语音识别系统研究小组。至此,她已成为领域内的佼佼者,并具有了一定的影响力。

机会永远留给有准备的人。一天，帕耶特正在快餐店吃早饭，一则电视新闻引起了她的注意——加拿大航天局宣布，要在全国公民中甄选四人作为宇航员，经过培训后，这些人将有机会登上国际空间站。

为了这个机会，自己等了十几年。帕耶特转身冲出快餐店，她决定立即辞去工作，然后报名参选宇航员。一路上，她觉得天空格外蓝，风儿也温柔，脸上有点凉凉的，她顺手抹了一下，原来是喜悦的泪水，何时流下，竟浑然不知。

全国的报名者达到 5330 人，都是各界精英，可以独当一面的人才。经过各种严格考核，帕耶特脱颖而出。一只脚踏入理想的大门，她知道未来还要面临更多考验，好在，她早就做好了准备。

为了提高对特殊环境的耐力和适应能力，航天员必须经过身体、心理等方面的严格训练。其中一项体验就是从太空回到地球，进入大气层时，空气阻力会急剧降低速度，人体受到的力会数倍于普通重力的力量。耐受住这个力量，是能否顺利返回地面的重要保障。针对这方面的离心机训练，让帕耶特吃尽苦头。

当离心机高速旋转，前所未有的痛苦汹涌袭来，帕耶特甚至说不清那是一种压力还是一种撕扯，还有伴随而来的恐惧，那种未知的虚无，犹如跌进暗夜。

这次尝试后，帕耶特清楚自己不适应这种环境，非常沮丧。如何突破困境？她翻阅了很多航天方面的书籍和文献，但书本里没有答案。她不断在心里咀嚼着当时的感受，突然，这感觉与幼年打针时晕针的感觉重叠，那时的她不也是同样的恐惧和难受吗？后来打针时，妈妈总在一旁讲故事，慢慢地，她晕针的毛病不治而愈。想到这，她有办法了，每次训练前，她都要阅读一个有趣故事，训练时，她会把故事在脑海里重复一遍。这样做了一段时间，效果不错，她居然顺利通过了这个项目的训练。

1999年5月27日，美国发现号飞机从肯尼迪发射中心起飞，目的地是国际空间站。帕耶特和其他宇航员一起，参加了空间站的组装建设工作。她是加拿大第一位到达国际空间站的女宇航员。2009年，她再次参加奋进号航天飞机的第27次航天飞行任务。这两次飞行使她在太空停留时间超过了25天。

有趣的灵魂走在奋进的路上

帕耶特两次进入空间站，践行了当年的理想，完成历史上的突破，成为加拿大航天史上的先驱人物。

然而，她的人生不止这些，一个有趣的灵魂永远走在奋进的路上。当年成为宇航员的时候，她已经流利掌握法语，为了沟通方便，她又开始学俄语。欧洲太空总署参与了国际空间站项目，出于工作需要，她还学习了德语、西班牙语和意大利语。掌握六种语言的她，在众多宇航员中成为佼佼者。

精神层面丰富的帕耶特，还具备独特的感性气质、文艺才能。她弹得一手好钢琴，在蒙特利尔交响乐团，她不仅是钢琴师，而且兼任合唱团歌手。她也是一名运动员，在加拿大环城长跑比赛中，她当仁不让，豪气夺冠。上帝仿佛格外偏爱她，给了她各种超常能力，让她的人生收获满满。但无论哪一种成绩的获得，都与她的坚持和努力分不开。在加拿大，人们称她为跨界女神，年轻人视她为励志偶像。

2010年，温哥华冬奥会开幕式上，帕耶特作为八位加拿大"历史性人物"之一，护送奥运五环旗进入赛场。从航天员的位置退出来以后，她的身份回归到了科学家，有更多时间从事研究工作。她先后担任魁北克省驻美国科学代表、蒙特利尔科学中心CEO、加拿大地产公司副总裁，她在用另一种形式回报祖国。

2017年7月,英国女王伊丽莎白批准加拿大总理特鲁多的提名,任命帕耶特为第29任加拿大总督。因为总督被视为英国女王的代表,所以提名时,特鲁多格外用心。在团队对帕耶特的背景做过详细调查后,他说:"太空探索工作和经验让她能毫无疑问地胜任总督的职责。"

这一消息让帕耶特十分意外,更让她激动的是受到偶像邦达尔的赞赏:"我将很高兴看到她把自己的观点、加拿大的观点带给世界。当一个人从外太空看过地球,她会有不同的感受。我很看好朱莉·帕耶特。"

把万维网送给世界所有人

灵感来自一瞬间

蒂姆出生在英格兰伦敦西南部,他的父母都是数学家,也是英国计算机界的名人,他们曾经共同参与了英国第一台商用计算机设计和制造。有先天遗传,也有后天的耳濡目染,蒂姆从小就对计算机感兴趣,他渴望拥有一台自己的电脑。

读大学期间,学校规定只能在学习时间使用电脑,这如何能满足他的好奇心。一次,为了能把一项慈善活动做得更好,他利用黑客技术侵入其他电脑系统,获得了详尽资料。那次慈善活动举办得很成功,但同时蒂姆的不良行为也被学校发现了,付出了禁止使用学校电脑的代价。

蒂姆说:"这样也不错,这激发了我制造自己的计算机的欲望。"蒂姆花了七美元从旧货商店买回一台电视机,他用焊烙铁、电路板和一块M6800处理器等,给自己组装出了第一台电脑。就是这台电脑,陪伴他度过了美好的大学时光。

毕业后，蒂姆进入日内瓦欧洲核子研究中心，成为一名软件工程师，他的工作是频繁与世界各地的科学家们分析报告，交换数据，每天的信息量非常大，有时候不得不重复回答一些问题，蒂姆常常被这些问题拖得疲惫不堪。他开始思考，是否会有一种工具，让人们可以随时随地通过计算机网络，简单快捷地共享数据资源。

那时候，超文本技术已经出现，而且发展势头日新月异，每次国际超文本学术会议上，都会有上百篇论文，雨后春笋般冒出来。但是超文本仅仅是作为文本出现，并没有人把它应用到计算机网络上来。一个盛夏的黄昏，忙了一天的蒂姆给自己倒了杯咖啡，浓浓的咖啡香飘起来，和馥郁的丁香花的香气一起盈满屋子，蒂姆不禁闭上眼睛，贪婪地呼吸着香气。

瞬间，一个念头闪过他脑海，人脑可以透过互相连贯的神经传递信息，比如人可以闻到咖啡香和丁香花的香，为什么不可以经由电脑文件互相连接形成"超文本"呢？想到这，他兴奋极了，灵感来自一瞬间，却不知不觉成就了一个人的一生。

把世界连成一体

业余时间，蒂姆开始着手编写一个软件程序，把一系列的超文本利用起来，他首先将自己计算机上的重要文档的存储地址都"串"起来，这样就可以像从一本书的目录检索到其中内容那样，通过很简单的操作找到想要的重要文档。他将这个程序用儿时最喜爱的百科全书名字"探询"命名，这套程序就是万维网的雏形。

蒂姆向研究中心提交了一份建议书，建议采用超文本技术，把研究中心内部实验室连接起来，实现数据共享，系统建成后，可以继续向外围扩展。很多人觉得他这个想法很新奇。但是作为核物理类研究实验室，终究不是计算机网络研究中心，领导给他的回答是："不够清楚，但还蛮有趣。"

蒂姆在之后的两个月里，重新修改了建议书，增加了对超文本开发的步骤与应用前景的详细阐述。"从软件、通讯录到有组织的闲聊，所有的一切都应该无所不包……如果我能够编出这样一个程序，用我的计算机开辟一个空间，并让所有东西相互连接，那么一个全球性的信息空间就将形成。"领导再次看到蒂姆的建议书，意识到他在做一项关乎全人类的大事，于是果断批准，并拨给他一笔经费。

没有了业余生活，办公室成了他的家，一种强大的力量推动着他，一定要把梦想变成现实。那是1989年的一个仲夏之夜，蒂姆成功地开发出世界上第一个Web服务器和第一个Web客户机。虽然这个Web服务器简陋得只能算是研究中心的电话号码簿，进入主机后，只能查询每个研究人员的电话号码，但是它却为信息能在互联网上传播，提供了一个清晰的框架，改变了人类和互联网沟通的方式。蒂姆给自己的发明取名为World Wide Web，就是我们熟悉的WWW。

这种简单的Web服务器当然不是蒂姆的追求，在他不断努力下，杰作日臻完美，Web通过一种超文本方式，把网络上不同计算机内的信息有机地结合在一起，并且可以通过超文本传输协议，从一台Web服务器转到另一台Web服务器上检索信息。Web服务器能发布图文并茂的信息，在软件支持的情况下还可以发布音频和视频信息。另外，Internet的许多功能，如E-mail、Telnet和WAIS等都有可能通过Web实现。

1990年12月，蒂姆在瑞士首次启动了全球第一个WWW网站，它向人们解释了万维网的概念。WWW在Internet上首次露面后，立即引起轰动，得到了广泛应用和推广。蒂姆发明的万维网，彻底改变了全球信息化的传统模式，带来了一个信息交流的全新时代，为全世界人们提供了一本"知识百科全书"。

把一个人的发明献给了世界

万维网面世之后，很多人从中看到了巨额财富，其中就有著名网景公司的马克·安德森和微软公司的比尔·盖茨，他们一切基于网页的互联网服务，全都是建立在万维网的基础上。蒂姆也曾想要建立自己的浏览器，但是他担心由于竞争，技术上互不兼容的浏览器，会把万维网割裂成一个个利益集团，最终放弃了。正如蒂姆预见的，微软公司和网景公司发生了浏览器之争，被称为万维网第一商战。

为了改变这种松散无序的现象，蒂姆创建了非营利性的万维网联盟，万维网联盟最基本的任务是维护互联网的对等性，让它保有最起码的秩序。他邀集155家互联网上的著名公司，致力于达到WWW技术标准化的协议，进一步推动Web技术的发展。

蒂姆被《时代》周刊杂志列入20世纪最有影响的100名英国人之一。2004年，蒂姆以其"改变人类文明进步"的创新发明，获得芬兰技术奖基金会颁发的"千年技术奖"，同时获得高达100万欧元的奖金。面对奖金和荣誉，蒂姆很谦逊，他认为自己是"碰巧在合适的地方，合适的时间，做了合适的技术综合"。蒂姆是个有情怀的人，对于财富的取舍，他从不后悔，为了让普通人受益，万维网联盟决定以后所有联盟提出的技术都是无偿的。

2012年夏季奥林匹克运动会开幕典礼上，蒂姆获得了"万维网发明者"的美誉。在一台NeXT计算机前工作，他在Twitter上发表消息说："这是给所有人的。"体育馆内的LCD光管随即显示出文字来，当这一连串的字母打出来之后，全场人站立起来，为这位谦逊而无私的人热烈欢呼，人们的脸上流下了静静的泪水，所有这一切都是对这位"互联网之父"最美的赞誉。

2017年，基于他对网络规模的发展做出了巨大贡献，蒂姆获得著名的2016年度图灵奖。蒂姆感觉很惭愧接受一项以计算机先驱命名的奖项，但同时也为获得这一奖项感到荣耀。"与其他所有推动人类进程的发明不同，这是一件纯粹个人的劳动成果，万维网只属于蒂姆·伯纳斯·李一个人。"感谢蒂姆将属于他一个人的发明，无偿献给了世界，让世界人民感受着这项发明带来的无限乐趣。

迷醉在戏服里的大美无声

和田惠美内敛优雅,有千帆过尽的从容淡定。一切入心的东西都会被她拿来细心揣摩,再化成不绝创意。《梦》《白发魔女传》《英雄》《十面埋伏》……那些著名电影里精美绝伦的服装,给人们留下了深刻印象。

小荷初绽,依心而行

"我喜欢为令我心动的角色制作衣服,好的设计要先有好的故事。"每接一部戏,和田惠美都认真研读剧本,在古老厚重的历史中寻求灵感,通过服装描述人物。

和田惠美出生在京都一个富裕家庭,从小对日本文化非常感兴趣,常常缠着父亲讲历史故事。和田惠美也很喜欢绘画。最初的尝试从随意涂抹开始,慢慢地,越画越好。父亲发现了她的天赋,便把她送到市立艺术大学,学习油画。儿时玩耍的京都四百八十寺,成了她写生最好的去处。

她将作画过程当成与事物交流的过程，她那颗极为敏锐的心，渐渐充满思考。画多了，对眼前的事物有了敬畏之心，仿佛每一处神龛、佛像和竹木都有生命，都有过无法言说的故事，散发着厚重的岁月的气息。

偶然的机会，她认识了舞台剧导演、NHK 制片人和田勉。交往中，两人渐渐被彼此的才华吸引，基于对艺术的热爱，他们很快走到一起。20 岁那年，她成了和田勉美丽的新娘。按日本人的传统，和田惠美应留在家里相夫教子，但不甘平庸的她不想浪费人生。知妻莫若夫，和田勉让她给自己的舞台剧设计戏服。

和田惠美的初次尝试是舞台剧《蓝火》。从零开始的她，根据自己对人物的理解，考虑服装的颜色和样式。没有经验也是好事，就脱离了条条框框的束缚，反而可以依心而行，和田惠美的制作更显新颖大气。为了让服装贴切地表现人物性格，每一件衣服她都亲手缝制。

蜕变人生，倾情演绎

手中的画笔变成了针线，当和田惠美完全适应了这一改变时，也完成了人生的蜕变。《蓝火》正式公演后，很多人来看，服装和剧情一样，给人们留下了深刻印象。

和田惠美最喜欢莎士比亚的著作。书中的人物形象鲜明，角色丰满，性格极具张力。每一个人物似乎都闪耀着光辉，伫立在和田惠美脑海里，她甚至可以与他们对话，碰触他们的灵魂。

1957 年，莎士比亚的《麦克白》被改编成电影《蜘蛛巢城》上映后，和田惠美无比激动，影片中很多人物都符合她的想象。她当即找到导演黑泽明，谈论了累积多年的想法，并约定："如果以后还拍跟莎翁作品相关的电影，请考虑让我做服装设计。"

这个约定一等就是 25 年。1982 年，和田惠美接到黑泽明的电话，邀请她加盟电影《乱》。这部电影根据莎士比亚的《李尔王》改编，被黑泽明安插在战国时代的日本。

终于等到心心念念的作品，和田惠美反复尝试各种造型设计，力求每件衣服极致完美。在三兄弟打斗的场景中，她大胆运用明亮的红、蓝、黄等颜色，不仅彰显人物个性，同时增加了视觉效果，凸显出鲜血淋漓的场面。为表现枫夫人的狡猾恶毒，她采用闪亮的银色纱制面料，使其蛇蝎心肠更为直观。枫夫人被杀时的服装，她采用黑色和金色，营造出死亡气氛。

黑泽明在艺术上追求完美，为了拍到理想中的云形，他让几百人守候在那里，一等就是好多天，虽然理想的云形拍到了，但拍戏的钱也用光了。和田惠美曾在京都四家制衣店定下了价值200万美元的衣服和饰品，眼看到期交货，没了资金怎么行？如果不收货，不但伤了多年的合作伙伴，还会让自己的心血付之东流。和田惠美左右为难，最后决定卖掉东京的房子，帮剧组渡过难关。

一天早晨，她接到黑泽明的电话："有一家公司愿意投资，可以继续工作了。"听到这个消息，和田惠美站在原地，无声地流下了眼泪。1985年，和田惠美凭借影片《乱》获得第58届奥斯卡服装设计奖。从奥黛丽·赫本手中接过奖杯时，她黑色的绸缎和服熠熠生辉。

从容内敛，大美无声

经过一次成功的合作，黑泽明对和田惠美十分认可，不仅被她的设计才华倾倒，更为她对艺术的执着深深感动。1990年，筹划拍摄电影《梦》时，他再次邀请和田惠美。

这是黑泽明晚年的一部作品，作品由八个梦境组成，整体上看，主题深沉厚重，充满对大自然的敬畏，以及迷离的色彩。和田惠美抓住

《梦》与京都四百八十寺的相通之处，为八个梦境设计了八个场景，每一个场景都融汇了她多年的感悟，深刻表现主题的同时引人深思。

1993年版的香港电影《白发魔女传》，导演是"鬼王"于仁泰，他曾专门到东京的和田惠美家里拜访，希望她出山协助。和田惠美愉快地答应了。

她研究了很多中国历史书籍，甚至淘了不少涉及中国古代服饰的书，在这些书里，努力寻找相关信息。她为练霓裳设计的服装，参考了新疆、尼泊尔地区的服饰，头冠镶满了贝壳和古钱币。卓一航的服装采用中国传统的藏青、黑色和深灰色，蓬松的头发在脑后编成辫子，刻画出一个进退两难的侠客形象。

对于艺术的追求，她非常有执念，全部演员的两百多套服装的面料，都是她亲自去荷兰、英国等地挑选的，都经过再次洗磨。电影上映之后，同样受到好评，第二年，获得了第13届香港电影金像奖最佳服装造型设计奖。

2002年，张艺谋携手和田惠美，共同打造电影《英雄》。这部电影以秦统一天下为背景，采用了黑、红、蓝、绿和白等纯色为色彩基调。史料记载，秦朝的大礼服为上衣下裳，并且同为黑色，和田惠美在秦朝的建筑、服装上采用大量黑色，用以突出统一天下的霸气。史料中关于赵国的服饰记述不多，设计上无从考究，她则从古代舞蹈、书画中寻找灵感，用红色作为主色调，用以彰显赵人的爱国热情和执着信念。"落叶满空山，何处寻行迹"，旋飞的落叶中间，红衣女侠翩然飞起，雪纺材质的衣袂在风中灵动飘逸，东方神韵之美在此刻被渲染得淋漓尽致。

《英雄》画面唯美含蓄，如一幅幅静美的丹青水墨。为了准确把握色彩，和田惠美还跑到博物馆，考察出土文物，那些古老服装上透出的天然和质朴，让她深为震惊。手工纺织和印染布料呈现出的质感，现代工艺无法企及，于是，和田惠美一头扎进北京附近的印染厂，亲自完成各种面料的染色，玉石绿、瓷器白，还有 50 多种冷暖不同的红、14 种深浅不一的灰。在这些缤纷色彩中，她总能敏锐地选取出最适合角色的属性。

之前从未展现宋代美学的和田惠美，2016 年又加入侣皓吉吉导演的电影《将军在上》剧组，给观众带来又一个惊喜。

"设计无止境。面对挑战，永远创新。"这是和田惠美给香港演艺学院学生的留言。如今的她依然执着于美与新鲜的事物。被问及何时退休时，她幽默地说："84 岁的导演还在拍戏，我又怎么能退休。"

自古英雄出少年

戴密斯·哈萨比斯是一个对电脑和人脑都感兴趣的人,这个昔日天才少年从游戏的开发者到神经学家,再到现在的人工智能企业家,探索的脚步从未停止。从阿尔法狗战胜人类的科学实验中,他看到了学习型人工智能的广阔前景,并着手研究应用到人类的健康和经济领域,很快人工智能将给人类带来翻天覆地的变化。

游戏里成长,初遇人工智能

哈萨比斯天资聪颖,是个有名的神童,只学了 4 年的国际象棋,就把不少人斩落马下,13 岁的时候,这个少年已经得到国际大师的称号。其实国际象棋只是他的爱好之一,他最喜欢的还是电脑。他用奖金为自己买了一台电脑,就从这台电脑开始,他一发不可收拾,走上了计算机研究之路。

爱玩是小孩的天性,哈萨比斯当然也不例外,他对电脑的热爱最初是从玩游戏开始的，但大师的童年也和别人有所不同，他边玩边研究透了那些简单游戏的程序，按照自己的喜好，他开始尝试编写游戏。在编程过程中，他获得了比玩游戏更有趣的满足感，在游戏的世界里，自己仿佛就是一个王者，千军万马，尽在掌握。

自古英雄出少年，17岁的哈萨比斯曾参与经典游戏《主题公园》的设计和编程，也就是从那时起，他正式走入游戏开发设计领域。这是一次练手的好机会，哈萨比斯结合自己的想法和平日里从游戏中总结的经验，做了很多针对性的设计工作，为日后开创公司打下了坚实的基础。

哈萨比斯从剑桥毕业，一年后，哈萨比斯成立了"仙丹工作室"，独立开发游戏。热血澎湃的哈萨比斯为此投入了极大的热情，他把公司变成了家，吃住几乎都在公司里，此刻，他的世界里只有计算机。

他设计的两款游戏提名"英国奥斯卡"BAFTA奖，但哈萨比斯并不满意，一天，他从报纸上看到卡斯帕罗夫两次与"深蓝"交手的消息，从中得到启发，改良后的"深蓝"击败了当时排名世界第一的卡斯帕罗夫。机器战胜了人类，其实本质是人类赋予了机器智慧的结果，"是时候做一些以智能为首要任务的事情了。"哈萨比斯卖掉了知识产权和专利，关闭了工作室，去伦敦大学攻读博士学位。

来自人类大脑的灵感，会学习的人工智能

在伦敦大学，哈萨比斯开始对人脑进行研究，他主攻的领域是自传体记忆和海马体。对于从来没上过生物课的他来说，一切都是全新的，那段时间，他从书本和电脑上网罗所有关于这方面的知识，夜以继日系统地学习，专注程度相对自己来说堪称史无前例。他发现场景构建是掩藏在回忆和想象中关键的过程，这个情节记忆系统的新理论，被《科学》杂志评为2007年度十大科学突破之一。

2010年，哈萨比斯与施恩·莱格共同创办DeepMind，并担任CEO，把人工通用智能作为研究方向。公司成立后吸引了一流专业人才加入，并与大牌投资公司合作，很快他们推出了一款全新的软件，这款软件在没有事先经过整合与游戏相关信息的情况下，竟然学会了三款经典"雅达利"游戏的玩法，这款软件的秘密在于它可以通过"直觉"尽可能地获得高分，经过研究人员反复试错后，这款软件的游戏水平甚至可以和专业人类玩家相媲美。

从零开始到学会一项复杂的任务，从来没有任何一款软件可以达到这样的水平。哈萨比斯的成功之处就在于，借鉴了自己对大脑最感兴趣的那块区域，从人类的大脑获得灵感。通过一遍遍地重复过往的体验，从中提取出最精确的线索，然后决定未来的动作。这项成果展示后引起轰动，谷歌的CEO拉里·佩奇敏锐地意识到了这个项目的重要性，一个月后，谷歌找到哈萨比斯，以4亿美元的价格收购了DeepMind，并力邀哈萨比斯加盟，继续研究人工智能在其他方面的应用。

哈萨比斯由父亲带大的，平时父亲与朋友下棋时常常带上他，耳濡目染，小哈萨比斯没费劲就学会了围棋，而且表现出极大的兴趣。大学里，他曾经一度沉迷在学校高水平围棋社团里，那时围棋带给他的乐趣不亚于游戏。但是后来忙着计算机研究，只好忍痛割爱了，但是他告诉自己如果有机会，一定要编写出一个围棋程序，像"深蓝"那样，举行一场关于围棋的人机大战。

打造完美通用人工智能，服务人类

当哈萨比斯开发出来深度学习程序后，为了检验自己的技术成果能否在现实生活中得到广泛应用，从围棋入手，他带领团队精心打造出计算机"阿尔法狗"，与当年的"深蓝"相比，"阿尔法狗"拥有自己学习的能力，它可以通过实践和学习，获得围棋方面的知识，从这一点上看，"阿尔法狗"更像人类。

自从"阿尔法狗"问世以来，曾经以5:0战胜欧洲围棋冠军樊麾，樊麾坦言，在与"阿尔法狗"进行围棋对弈期间，短短三四个月，自己的排名就从600多名提升到300名，这个事实证明，很多人可以通过这个程序学习围棋，并提高自己的围棋水平。对于比赛级别的选手来说，用这个程序练习，无疑是个不错的选择。2016年，著名世界围棋冠军李世石与"阿尔法狗"对弈，4:1的悬殊比分，充分证明了人工智能计算机的无比强大。

哈萨比斯的远景目标是"通用人工智能"，也就是可以解决任何问题的人工技能。人类可以通过学习机器，依靠原始数据从零学起，配合程序的灵活性和适应性，随便掌握任何一项技术。如今很多家庭已经有扫地机器人、炒菜机器人等，人工智能已经被运用到越来越实际的生活领域中。

未来社会，人工智能可以应用到经济领域。实际上就是计算机程序在经济领域的应用，根据客户提供个性化投资理财建议配置财富，把互联网和金融技术嫁接，形成一种新的产业链整合模式。花旗集团发布的报告指出，2012年智能投顾掌握的资产几乎为零，三年后，猛增至187亿美元。中国的智能投顾起步较晚，2015年年底，中国金融机构和第三方理财总规模已达81.18万亿元。

在阿尔法围棋之前，人工智能已经介入医疗服务，如今通过深度学习程序，成为医生的助手。人工智能系统已经开始在美国和泰国等地医院得到应用，并且开始辅助医生诊断癌症等疾病。哈萨比斯正在带领团队研究解读医疗保健的图像和各种数据，目的是帮助医生诊治疾病和护理病人。在这方面，利用大数据设计成智能软件，为患者提供就医和保健信息，会很有市场。

当今世界，人类正面临气候变化，癌症等难题，要解决这些麻烦，需要处理大量信息，人脑已经对此力不从心，人类需要借助人工智能在复杂的信息数据中找到解决问题的关键。哈萨比斯说"我们正致力于研究一个有可能处理任何问题的'元解决方案'。"相信这一天很快就会到来。

我给自己权利，我界定自己的存在

2014年7月，南非开普敦一个中学礼堂里，万达·迪亚兹·默塞德赤脚站在毛毯上，手握白色手杖，样子像极了魔法师。

孩子们戴好眼罩，屏住呼吸，等待奇迹出现。耳边传来急促的金属敲击声，"听见了吗？这是伽马射线爆发声，算得上宇宙中最剧烈的爆炸。"

默塞德正讲解研究成果。作为盲人天文学家，她将星体观测得到的数据通过科技手段，转化为声音，为人类找到一条感知天文的新途径。

在默塞德的家乡波多黎各，阿雷西博天文台里，有世界第二大的射电望远镜。默塞德从小就被神秘天空吸引，遥不可及的天际，到底有些什么？她在家常把东西混在一起做实验，虽然还搞不清实验目的是什么，却已对未来充满幻想。

上学后，勤奋的她从不懈怠。但十几岁时，她患了糖尿病，引起视网膜病变，发展下去就是失明。得知消息，默塞德号啕大哭，什么都看不见了，如何研究天文学？

她开始自暴自弃，直到一则消息把她拉回原来的方向。

报纸上刊登了早在 1992 年时，美国航空航天局发行的名为《行星交响曲》的系列专辑。专辑是通过射电望远镜，收集宇宙电磁波，转换成人类可以听到的频率。默塞德脑洞大开，看不见了，还可以听得到啊，没理由放弃理想。

考入波多黎各大学，有了更广阔的知识平台、先进的试验器具，她整日痴迷研究，几乎不眠不休。她拼命汲取知识，试图追赶眼疾恶化的速度。此时，已没什么可以阻止前进的脚步。终于，她成功加入天文台，做了研究员。

一次研究中，默塞德听到射电望远镜传来的信号嘶嘶作响。"行星交响曲！"一个指引过她的词在脑海闪过，她意识到这些声音在传递信息。她决定把这些天文数据转为声音，形成"可听化"技术。

更幸运的，是她申请到了 NASA 的戈达德太空飞行中心实习机会，这次机会是专为残障人士提供的。

2005 年，在美国马里兰州的太阳物理学实验室，默塞德和导师罗伯特·坎迪共同设计了计算机软件 xSonify。把每个数值对应不同音符，并借助音调、音量、节奏表示数值变化，最终把数据转化为声音。柏拉图曾把音乐和天文称为姊妹科学，如今，它们被默塞德完美结合。

2016 年 2 月的 Ted 现场，默塞德给观众播放了太阳风暴的声音。万千颗粒般的杂音从高远的宇宙投下，劈头盖脸，人在其中，仿佛毫无躲闪之力。随着音调变化，转瞬间，听到一连串清脆的声音，犹如一把玻璃弹珠摔在水泥地上。

默塞德演示的形象万千的声音里，有的像干涩的回音，在周身横冲直撞；有的如同暴风雨中被撕扯的风铃；还有很多无从想象，更无法描述。人们沉浸其中，任由默塞德把他们带入一个新奇世界。

作曲家福尔克·斯图特鲁克被这些来自天空的声音打动，抽取片段，谱成了爵士、布鲁斯，甚至摇滚乐。这个系列的作品被命名为《星辰之歌》。

"谁拥有获取知识的权利,谁界定个体的正常与否,又是谁限制了人的潜能?"这是成功后,默塞德常想到的问题。

"每个人都应当有机会接触科学。允许有缺陷的个体进入科学领域,必将激荡出最卓越的智识。我对此深信不疑。"默塞德用行动告诉世人,理想面前人人平等,剩下的就看你自己的了。

我们可以重新书写未来

天才少年

华裔音乐家马友友7岁时,全家从法国搬到美国纽约,这时的马友友在父母的熏陶下,大提琴拉得已经颇具水准了。马友友的爸爸是音乐教育博士,妈妈是歌剧演唱家,姐姐也在钢琴和小提琴上展现出极高的天赋。在这样一个每分钟都会跳出音符的家庭里,马友友仿佛一出生就赢在了起跑线上。

刚到美国,马友友就受大提琴大师卡萨尔斯的邀请,参加一个慈善音乐会。这场慈善音乐会由大指挥家伯恩斯坦担任指挥,与著名的爱乐乐团同台,肯尼迪夫妇也亲临现场。这样有规格的音乐会,一个7岁的孩子不但不怯场,而且表现得十分完美,马友友演奏完毕,全场掌声雷动,观众把所有的热情都送给了这个天才少年。

音乐会结束,马友友名声大震,他陆续收到了世界各地公演的邀请函。理智的爸爸限制儿子的商业演出，他知道"伤仲永"的故事，不想让儿子顶着"天才"的头衔到处赶场，只为得到大家赞赏。他希望儿子能够健康快乐地成长，做一个优秀但不浮夸的人。

马友友从小就拥有了一颗友善的心。一天，演奏会结束已经是深夜了，妈妈陪他打车回家，到家之后，本来是5美元的车费，马友友却掏出10美元给了司机。妈妈问："你为什么给那么多呢？"马友友说："天这么晚了，师傅也不容易，再说今天我演出非常成功，我愿意分享我的快乐。"

只因有你

高中毕业后，马友友来到美国著名的茱莉亚音乐学院，其间他结识了一些和自己不一样的孩子，他学会了抽烟、旷课、酗酒，沉迷在派对游戏中，犹如一匹脱缰的野马，甚至连父母的话都听不进去了。正当他在离经叛道的路上越走越远时，他生命中的女神出现了。

吉尔是在欧洲长大的女孩，才转学到茱莉亚音乐学院，因为外形像极了芭比娃娃，男孩们私下都叫她"芭比小姐"。一天，马友友和几个男孩打赌，如果谁能在派对上吻到吉尔，就可以赢得两张NBA球赛入场券和一整块海鲜比萨饼。派对那天，他来到吉尔面前，看到她那双澄澈的眼睛时，竟手足无措起来，吉尔大方地伸出手："再次遇到你，很高兴！"马友友诧异："我们以前认识吗？"吉尔点头，笑着给马友友讲了一段故事。

原来，吉尔14岁生日那天，爸爸送了她一张演奏会门票，当舞台大幕徐徐拉开，一个和自己年龄相仿的少年，神情专注地演奏大提琴，所有的灯光都集中在他身上，音符从他指尖缓缓流淌出来，陶醉了在场的每一位观众，吉尔听得如痴如醉，她告诉爸爸："我喜欢这个少年。"后来，吉尔搬到了纽约，她留心每一场演奏会，但都没有发现他的名字，直到她从朋友那得知,马友友在茱莉亚音乐学院上学的消息,就迫不及待转学来到这里。

原来吉尔是冲着自己来的,但是马友友惭愧至极,这么久没有演出消息,是因为自己整日沉浸玩乐,无心练琴。很快,吉尔知道了马友友打赌的事和他不思进取的状态,她翻出一直珍藏的14岁那年的演奏会门票,连同一封信,交给了马友友,信上只写了一句话:我后悔回到美国,你摔碎了我的梦。

一语惊醒梦中人,马友友决定不再继续这样下去,他向茱莉亚音乐学院提出退学,"我觉得现在的自己没有资格继续做一个音乐人,我迷失太久了。"吉尔回了欧洲,伤心的马友友痛苦了很久,他问妈妈:"有没有办法让时间倒流?"妈妈回答他:"没有,但是我们可以重新书写未来。"

马友友收拾好心情,考上了哈佛学院,大学四年里,他彻底放下了大提琴,直到一个春光明媚的午日,他再次遇见了吉尔。原来吉尔也考上了哈佛大学,学数学。马友友重新见到吉尔,非常激动。他给吉尔写了一封信:你离开我后,爱情和音乐似乎都从我的生命里消失了。我放弃大提琴已经快四年了,现在我想要为你做一件事情,为你举行一个独奏会,请别拒绝我。

小礼堂里,荒废多年大提琴的马友友无论如何也拉不出一个音符,吉尔鼓励他说:"当年我对爸爸说过我喜欢你,其实还有一句话我没说,那就是将来我要嫁给你。"马友友深深感动,当音符静静从琴弦上滑出时,他再也抑制不住自己的激情,那个曾经在舞台上万众瞩目的天才少年又重新回来了!

丝路计划

有了吉尔的鼓励,马友友在音乐的道路上不断大胆创新,融合世界各地的音乐元素，创作出很多震撼人心的曲子。迄今为止，他已经拿到了18座格莱美奖杯，《时代》人物周刊赞誉他是古典乐坛的宠儿，西方媒体评价他是"最性感的古典音乐家"。

其中，专辑《巴赫灵感》影响最大。巴赫是德国作曲家，成功地把欧洲不同民族的曲风融为一体。马友友很欣赏巴赫的创作理念，两人的思路几乎不谋而合，他在巴赫的创作基础上进行了全新诠释，为曲子注入了更接近现代音乐的鲜活生命力。《巴赫灵感》一时间风靡世界，被誉为是对古典音乐的伟大改革。

正当马友友的音乐创作蒸蒸日上的时候，一群严肃音乐的保守派人士站出来反对他的创作理念，维也纳国际剧院取消了他的演出合约，指挥家斯坦恩先生也拒绝与他同台演出，并且劝他不要在自以为是的轨道上滑行得太远，重新回归到严肃音乐中来。

被现实狠狠地打击，继续坚持还是放弃？吉尔给了马友友最好的答案。吉尔说："贝多芬说过规则就是用来打破的。你认为所有的古典音乐都是当时的民歌和流行音乐的最佳组合，你不愿意我们的孩子和孩子们的孩子只知道莫扎特和巴赫，而不知道在我们这个时代还有音乐存在过！"

音乐是世界的，世界的是大家的。他决定博采众长，把世界不同种族的音乐化为一种语言，拉近人与人之间的关系。2000年，吸收了中国音乐元素的《卧虎藏龙》获得了当年奥斯卡最佳音乐奖。2011年，时任美国总统奥巴马在白宫为马友友颁发了代表美国平民最高荣誉的总统自由勋章。

马友友的音乐之路越走越宽。身为华裔，中国文化对马友友颇具影响，在他看来丝绸之路就是"古代的互联网"，这条连接亚欧乃至世界的路线上，同样也连缀着各个不同种族的音乐精华，马友友想把这些音乐元素结合起来，做成"丝路计划"，交流到全世界。这对马友友来说是一种使命感，正如他所说："音乐是人性的表现，如果你在我的音乐中听见人性，你就看到我的心意，也是我对这个世界的贡献。"

2017年2月12日，马友友和丝路乐团获得第59届格莱美最佳世界音乐专辑奖。马友友说："丝路计划将不断做下去，我不但对历史上的丝路感兴趣，还想了解将来的世界是什么样子。音乐就像旅行，艺术或生命的过程就是寻找本质，如果有人带我们找到音乐的本质，就会像一朵花从内到外绽放……"

展开你一双翅膀

雄鹰蓄势，只为翱翔

现任哥伦比亚共和国总统胡安·曼努埃尔·桑托斯·卡尔德龙出生在哥伦比亚首都圣菲波哥大。他的叔祖父曾经担任过哥伦比亚总统，曾拥有最大的报业集团——《时代报》集团，他的父亲曾担任该报社总编辑长达50年。家境优渥的桑托斯从小就接受了良好的教育。

桑托斯高中毕业时，哥伦比亚国内战争已经爆发，同很多男孩一样，桑托斯迷上了行军打仗，他认为男孩就应该像雄鹰一样翱翔在蓝天，高中毕业后，各方面都很优秀的桑托斯毅然加入哥伦比亚海军，并被送往卡塔赫纳帕迪利亚海军学院学习，部队里摸爬滚打的磨炼让他迅速成长。

这段军旅时光，让桑托斯有机会接触哥伦比亚的内战——成千上万的人们背井离乡，很多人莫名失踪，反政府武装袭击政府，贩卖毒品，强迫儿童参战……这些令人发指的行为让桑托斯感到愤怒，他开始忧国忧民，思考着如何去拯救水深火热中的哥伦比亚人民。

如果一个国家经济发达了，人民不再为衣食担忧，谁还愿意打仗呢？心存国家和人民的桑托斯开始研究经济学，桑托斯陆续在美国堪萨斯大学、英国伦敦政治经济学院和哈佛大学肯尼迪政府学院学习，他还获得了哈佛大学授予的尼曼奖学金，并取得医学和法学荣誉博士学位。至此，一个改变国家命运的政治家掌握了奠定基础的知识储备。

雄鹰蓄势，只为翱翔。年轻的桑托斯在长辈带领下，进入哥伦比亚国家咖啡工业联合会，走上了从政的道路。作为欧洲常驻代表，桑托斯凭借敏锐的眼光，果断扩展哥伦比亚咖啡业在欧洲的市场。在他担任哥伦比亚驻国际常驻代表期间，这个既懂经济，又了解欧美市场的年轻人，为开拓和争取哥伦比亚在国际市场上的份额，不遗余力地周旋于欧洲各国之间。

在联合国贸易和发展会议上，桑托斯运用丰富的外贸经验，推动哥伦比亚与智利、厄瓜多尔、委内瑞拉等国签署自由贸易协定，并且与欧美进行关税谈判，为哥伦比亚产品进入欧美市场争取到了优惠的条件。

从政，伸展一双翅膀

桑托斯在经济方面为国家做出的卓越贡献，前总统阿尔瓦罗·乌里韦·贝莱斯执政期间，任命他为国防部长。在他担任国防部长期间，哥伦比亚国内战争依然连绵不断，反政府武装力量在政府的镇压下打起了游击战。

桑托斯一方面对潜伏在丛林地区的反政府游击分子实行清剿，解救人质；另一方面，他联合国外力量，进行军事合作，成功指挥政府军参与营救被劫持的总统候选人英格丽特·贝当古，并促成政府军进入邻国厄瓜多尔，击毙反政府武装二号头目劳尔·雷耶斯。他的铁腕风格初露端倪。

桑托斯的魄力让饱受战争苦难的人们看到了希望，也渐入人心。2010年，桑托斯作为哥伦比亚民族团结社会党的候选人参加总统竞选，受到哥伦比亚人民极力拥护，在第二轮投票中，他以69.13%的选票当选为哥伦比亚新一届总统。

当选总统后，桑托斯走以稳定促发展路线，利用重点行业发挥火车头作用，带动全国经济向前发展，使哥伦比亚经济在中长期内保持可持续稳定增长，促进社会就业，实现改善民生的目标。

在桑托斯任职期间，他致力于改善政府官员的工作作风，在人民眼中树立起勤政、爱民的政府形象。政府将重心放在经济和社会发展领域，进行矿业权益金分配改革，实行税制改革，加强汇市调控等一系列措施。在桑托斯的领导下，哥伦比亚经济日渐复苏，国内治安状况明显好转，失业率和贫困率同步下降。

虽然在桑托斯执政期间哥伦比亚开始走上正轨，但是反政府武装还没有消灭，局部内战仍在继续，国内毒品的生产和贩运还十分猖獗，卫生和教育体系还需要进行深入改革。为了实现心中的理想，建立一个和平、富裕、独立的哥伦比亚，桑托斯决定竞选下届总统，并成功取得连任。2015年10月，桑托斯被联合国授予"世界公民"荣誉。

飞翔，向着更高更远

每个成功的男人背后都有一个伟大的女人，桑托斯也不例外。他的妻子玛利亚出身名门，是一位平面设计师，门当户对的日常少了磕磕绊绊，三个可爱的儿女更是锦上添花。玛利亚是个事业型女性，她主张妇女不但要有独立的人格，还要有自己的事业，被哥伦比亚女性视为偶像。玛利亚还创建了一家专门出版儿童读物的出版社。

在桑托斯从政的道路上,这位睿智的女性曾劝说他和前总统乌里韦保持一致,成为桑托斯事业上的贤内助。知夫莫若妇,心怀天下的她同丈夫一样为哥伦比亚的未来殚精竭虑,在丈夫取得连任后,她十分支持丈夫在打击毒品和结束内战方面的决定,并时常鼓励他,为了哥伦比亚人民继续战斗。

哥伦比亚内战其实就是一场毒品战争。哥伦比亚是世界上最大的可卡因生产国,暴利是吸引毒贩冒险的重要原因,从毒品交易中获利也是反政府军获得资金的重要渠道,因此,斩断毒品交易链也就是结束内战的重要环节。

为抓捕毒枭大头目巴雷拉,桑托斯和委内瑞拉政府协调,派兵深入巴雷拉驻地,将其一举抓获。2016年年初的几个月里,哥伦比亚政府缴获可卡因87.5吨,这一数字打破了40年来打击毒品的历史记录。

桑托斯还呼吁启动与反政府军展开和平谈判。2016年9月26日,哥伦比亚政府军和该国最大反政府武装"哥伦比亚革命军"在海滨城市卡塔赫纳签署了历史性的和平协议,这意味着哥伦比亚长达52年的内战正式结束。这一天,哥伦比亚人民流下激动的泪水,这场旷日持久的内战终于结束,流浪、死亡将一去不复返了,哥伦比亚终于看到了安居乐业的曙光。

10月2日,哥伦比亚曾就双方达成的和平协议进行全民公投。虽然反政府武装在全民公投前曾多次向哥伦比亚人民道歉,但是多年来,他们的恶劣行径在人民心里留下了深深的伤痕。最终,这项历史性的和平协议因为50.2%多于半数的选票表示反对,未能通过。桑托斯表示接受这个结果,但他还会继续为实现国家和平而努力。

"我不会放弃,只要我在任一天,就会继续寻求和平。"他同时表示双方承认停火协议依然有效,自己会召集各方对话,继续寻求解决方案。桑托斯呼吁:"让我们继续极尽所能留给后代一个和平、安定、没有武装冲突的国家。"

为了表彰桑托斯为哥伦比亚结束五十多年内战而做出的贡献,诺贝尔委员会决定授予桑托斯2016年诺贝尔和平奖。桑托斯表示,愿意代表内战的受害者接受该奖。"我带着强烈的情感接受它,它对我国和经受战争苦难的人民、特别是受害者来说永远是重要的。"桑托斯说,"我希望反政府武装明白支持这一进程有多重要,因为如果每一个哥伦比亚人都支持和平,和平将会更强大、更持久。"

赢了自己成就人生

2017年5月25日,莱宁·莫雷诺正式就任厄瓜多尔共和国总统。性格温和内敛的莫雷诺经历生命里炼狱般的痛苦折磨后重新振作起来,著书立说,维护残疾人利益,最终,成为有"香蕉之国"美誉的厄瓜多尔历史上第一位坐在轮椅上的总统。

春风得意少年时

莫雷诺的父亲是一名教师,信仰共产主义,莫雷诺名字中的"莱宁"二字,正是革命导师列宁名字的谐音。年幼时,父亲给他讲了很多关于列宁的故事,希望他有朝一日能成为像列宁一样的政治人物。

莫雷诺毕业于厄瓜多尔中央大学,初入社会,他便依靠自己的力量创办了旅游公司,在短时间内掌握了旅游行业的来龙去脉,并一针见血地找出其中存在的弊端。从旅游促销入手,他开始大刀阔斧地改进运营模式,在旅游业迅速闯出名堂,被委任为厄瓜多尔全国旅游商会联合会执行干事。

莫雷诺顺风顺水地经营着未来，同时也收获了甜蜜的爱情。20岁那年，他与罗西奥·冈萨雷斯在一次聚会上相遇，人群里，莫雷诺一眼就看到了温柔漂亮的冈萨雷斯，从不相信一见钟情，可这次他动摇了，眼前人正触动他心底最柔软的部分，爱无缘由，一切来得这么突然。

唱歌是莫雷诺的强项，大学里他曾获奖无数。他鼓起勇气拿起麦克风，走到冈萨雷斯面前，深情献唱："此时你的双眸，幽深似海，我愿沉溺其中，成为你的最爱……"突然出现的莫雷诺吓了冈萨雷斯一跳，看着男孩注视自己的眼神，一切尽在不言中。一曲唱罢，莫雷诺看着冈萨雷斯粉红的脸庞，立刻明白了她的心意。整场聚会，他牵起她的手再也没有分开过。

第二年，两个人的爱情修成正果。婚礼上，莫雷诺站在美丽的新娘面前，又唱起了相遇时的那首歌。最好的爱情是长情的陪伴，在之后的日子里两人同风雨共患难，四十多年的世事沧桑沉淀出人间深情挚爱。

赢了自己成就人生

如果日子就这样过下去，莫雷诺的生活就像加了蜜糖，然而，命运并没有一直青睐他。45岁那年，一个晴朗的早晨，家里的面包快吃完了，夫妻俩相约去附近的面包店，那里有莫雷诺最喜欢吃的水果面包。当时的厄瓜多尔枪支泛滥，治安很差，当他们挑好面包走出店门时，正赶上一伙盗贼抢劫路边车辆，子弹恰巧打中了莫雷诺的腰背部，他瞬间倒在了血泊里。

经过抢救，莫雷诺总算脱离了生命危险，但是由于脊柱神经严重受损，导致下肢瘫痪。接下来的治疗和康复训练漫长而痛苦，尽管身边有妻子精心照料，但是当莫雷诺得知自己失去行走能力时，整个人深陷在轮椅中，他只说了一句话："我的一生就此完结了！"

出院后，莫雷诺度过了一生中最痛苦沉沦的时光。他固执地认为，自己整天除了吃饭和睡觉，还能干些什么呢？那时的莫雷诺常常抱怨这个世界，抱怨命运为何如此不公。他甚至常常想，要是那天自己不去那个面包店该有多好。从此，他把自己关进了一个狭小的世界里，未来一片黑暗。

冈萨雷斯给莫雷诺讲目前的政治形势，他听得很不耐烦："我都这样了，你还说那些干吗？"冈萨雷斯亲眼目睹了这几年来丈夫沉沦的样子，内心无比疼痛，她深深知道丈夫是个心存抱负的人，遭此重创才会如此萎靡。

冈萨雷斯对他说："你忘记父亲对你的厚望了吗？"莫雷诺反唇相讥："你见过一个坐轮椅的总统吗？""为什么不行？治理国家靠的是头脑和智慧，不是双腿！"妻子的话犹如空山钟鸣，莫雷诺忽然警醒过来：是啊，虽然自己的双腿不能走路了，但脑子还没有坏掉，怎么就沉沦下去了呢？

振作起来的莫雷诺开始把这些年的感受写成书，一发不可收拾的莫雷诺写了十多本，关于幽默理论和实践方面的专著，包括《生活和工作的哲学》《幽默的理论和实践》《快乐不难》等。谈及写书的体会时，莫雷诺说："我发现，微笑和痛苦走的是同一条神经通道。微笑的时候，痛苦就不在了。"

为了让更多人重拾生活的信心和勇气，行动不便的莫雷诺四处举办讲座，他认为面对面地交流才更有说服力。每次演讲过程中，人们都会被他机智幽默的话语逗得开怀大笑。生活需要这样开心的笑容，赢了自己，也成就了人生。

公益与政治齐飞

此后，担任厄瓜多尔全国残疾人联合会主席的莫雷诺，全身心投入到公益事业中，从事维护残疾人权益工作。没有谁比莫雷诺更懂得残疾人的难处，平日里他坐着轮椅到处"游走"，参加各种公益活动，为残疾人谋求更多福祉。

2010年，莫雷诺努力促成了由拉美各国参加的"无障碍、民主与团结的美洲大陆"峰会，会议通过了《基多宣言》，让残疾人的权益形成条文明确下来，保证各国加强维护和救助残疾人的政策和措施。他还被时任联合国秘书长潘基文任命为联合国残疾人特使。成为潘基文得力助手的那三年中，莫雷诺成绩卓越，被厄瓜多尔和一些国际组织提名为诺贝尔和平奖的候选人。

莫雷诺在做公益事业的同时，也积极参与到政治活动中，心里那颗埋下多年的种子，已经悄悄发芽，开枝散叶。莫雷诺与厄瓜多尔前总统拉斐尔·科雷亚既是战友，也是朋友。与科雷亚合作的二十年中，莫雷诺曾连续两届当选为副总统，成为科雷亚的政治搭档，两人之间的信任和默契任何人都无法代替。2015年，当连任三届总统的科雷亚宣布不再谋求连任时，莫雷诺辞去联合国职务，作为执政党主权祖国联盟运动代表，成为总统候选人之一。

竞选时，莫雷诺对自己当选总统充满信心，他强调促进公共投资，加强基础设施建设，倡导科技创新和可持续发展，同时向厄瓜多尔人民承诺任职期间大力创造就业机会，改善居民住房条件，特别提到严厉打击毒品和犯罪，因此受到人民的拥护和响应。

2017年4月，在第二轮竞选结束后，人们都在焦急地等待结果，极具幽默感的莫雷诺却讲起了当年和冈萨雷斯恋爱的趣事，引得妻子和大家捧腹大笑。在众多支持者的鼓励下，他又唱起了当年那首歌曲，往事一幕幕重现，结果，莫雷诺以51.16%的选票，当选厄瓜多尔新一届总统。这个结果让他想起当年与妻子的对话，自己真的成了一个坐轮椅的总统。

面对厄瓜多尔目前的形势，莫雷诺表示，将继续推行前任总统科雷亚的公民革命和国家现代化进程，在保留"科雷亚模式的一切好的东西"的基础上，"我还将以自己的风格治理这个国家。"针对政府内部的腐败、支持率下降、债务严重的现状，以及物价上涨的现实，莫雷诺说，为了国家利益，他愿意联合各方力量，与各党派开展对话，共商国是。相信这位坐着轮椅的总统一定会以重新站起来的精神，带领厄瓜多尔人民走向快乐与繁荣。

这个世界一定能触碰你内心的柔软

医学院里的电脑生意

迈克尔·戴尔出生在美国休斯敦的一个中产家庭，从小喜欢和邮票打交道，12岁时就在集邮杂志登广告做邮票生意，并赚了2000美元。初涉商海，戴尔尝到了甜头，从此一发不可收拾。

16岁上初中时，戴尔勤工俭学推销《邮报》，他经过调查发现，新婚夫妇是订阅报纸的最佳客户，他决定从这些人入手，争取到最大的客户群体。这一次他剔除了广告环节，直接面对客户，不仅免去了广告费用，还可以同客户近距离接触，这个想法对他日后经商的影响很大。

戴尔把新婚夫妇的资料收集起来，雇用同学抄录下这些人的地址和姓名，然后在电脑里建立了一个数据库。根据这些数据，他给每对新婚夫妇写了一封信，信中写满对新生活的祝福，并赠送两周免费阅读的《邮报》。新婚夫妇被他独特的信件吸引，为了表达感激之情，他们纷纷订阅这份报纸。他因此赚了1.8万美元，奖励给自己一辆宝马汽车。

考完大学，戴尔终于有时间和自己喜欢的电脑"亲近"了。一个偶然的机会，他发现计算机批发商手里的PC机大量积压，无法及时出售，而用户却买不到自己想要的高配置计算机，如果将两者衔接起来，中间的利润一定可观。决不能放过这个赚钱机会，戴尔想亲自动手试一下，从批发商那里批发购进PC机，稍微改装一下，增加了更多的内存和磁盘驱动器，成本不高，却能达到用户要求。接下来，他又在当地报纸上登了一则小广告，以低于零售价10%～15%的价格出售，他的电脑价格低、配置高，再加上广告宣传力度大，找他买电脑的人越来越多，销售量不断攀升。

痴迷电脑的戴尔按照父亲的想法，进入德克萨斯大学选修医学，却因为电脑，他把自己的主业和副业弄反了。他必须整天躲在宿舍里捣鼓电脑，才能保证供应。不断有人来找他买电脑，他忙得几乎没有休息日。每个月两万多美元的收入足可以养活自己，戴尔逐渐萌生退学的想法，于是他搬出宿舍楼，在学校附近租了个房子。

1984年，他成立了戴尔电脑公司。回忆这段往事时，戴尔说："真正投身做电脑生意需要很大决心，我自己得出个结论，只要想好了，就应该去做。"

量体裁衣的直销之王

虽然父母知道戴尔很喜欢做生意，但是他们认为，无论如何大学都是要念完的。父母对于戴尔退学的想法很生气。迫于压力，戴尔和父母约定，给他一个夏天的时间，如果销量不理想，就乖乖地回到学校继续学医。父母显然低估了戴尔的实力，仅一个月时间，戴尔的业绩已经达到了18万美元。这一结果让父母瞠目结舌，他们再也没有什么借口阻止他经商了。戴尔终于可以放开手脚痛快地赚钱了。

两年后,戴尔公司年营业额达到了6000万美元,戴尔感慨地说:"由于批发商的高价与用户得到的服务有差距,所以给我做直销创造了机会。"1987年,他凭借敏锐的眼光和过人的胆量,在股市暴跌的情况下大量买进高盛的股票。很多人对他的做法表示不理解,但是第二年,1800万美元的获利为他的行为做出了完美的诠释。这次成功使他的名字在华尔街备受关注,第二年,戴尔公司在纳斯达克上市,融资3000万美元,市值高达8500万美元。

戴尔公司能在短时间内迅速崛起,依靠的是低价直销经营策略。他亲自带领公司核心骨干进行市场调研,获得用户需求的第一手材料,把重点放在组装和销售上面,用"零库存运行模式"为客户提供"量体裁衣"式的服务。"我们的核心竞争力是直销,我们的管理风格也是直销。"直销模式让戴尔公司更加接近客户,用优质的服务换来超值的回报,戴尔也被誉为"直销之王"。

随着生意不断扩大,戴尔的眼光逐渐放远,在立足本国市场的基础上,戴尔公司在很多国家开设了子公司和办事处。他大胆改革公司内部结构,在全球范围内提供统一的产品资源,使销售和市场配套集中起来,戴尔的眼光瞄准了中国市场,并对中国市场进行了长期投资。

2004年,戴尔退休。但接下来的3年里,公司涉嫌财务造假,面临被摘牌的境地。2007年到2012年,戴尔市场份额不断下滑,股票价格大幅缩水,整个公司处在水深火热之中。戴尔被迫再次出山,重新执掌公司,他努力说服微软和私募股权投资公司银湖资本,达成了一项价值244亿美元的私有化交易,带领戴尔公司完成全面转型。

孩子是世界的未来

有些人的出现是命中注定，就像温柔善良的苏珊·戴尔，是戴尔生命里的天使。苏珊身材高挑，容貌甜美，一双美丽的蓝色眼睛似一泓秋水。他俩相识在一次相亲会上，戴尔对苏珊一见钟情，毫无抵抗地跌进那一汪碧蓝里。苏珊对戴尔印象也不错，两个人谈了一年恋爱后，过起了幸福的生活。

苏珊不但知性优雅，而且心思玲珑，她会做些美食，陪伴戴尔度过浪漫的二人世界，戴尔对此很享受，繁忙的工作之余，有一个放松机会，戴尔从心里感激妻子的付出。

一天，他们一边吃饭一边闲聊，电视上播放着非洲难民排队领食物的画面，卡车里的食物不多了，一位妈妈走出队伍，奋不顾身地爬上卡车，动手抢起来，后面的人们十分愤怒，冲上前把她拉下来，并且动手打了她。她一边哭一边拿着食物朝三个孩子走去，这三个孩子瘦骨嶙峋，最小的那个有气无力地依偎在姐姐怀里，仿佛没有姐姐支撑，一阵风就能把她吹倒。

戴尔内心的柔软被触动了，转头发现妻子早已泪流满面，此时，他们有了四个孩子，为人父母的舐犊之情，如潮水般汹涌而来，他们知道是时候，该为那些贫困的孩子做些什么了。他们最早在奥斯汀地区做慈善，这一地区的艺术中心、科研所和青年活动中心都有他们的身影。戴尔说："当时我们还没有工作重心，慈善活动主要取决于我们认为什么最重要。我们只是觉得慈善活动必须超出我们两个人的生活范围。"后来，他们成立了戴尔基金会，专门资助生活在社会边缘的孩子。

1998年，戴尔公司进入中国市场，在厦门、上海、大连等地建立工厂和设置机构，销售网点遍布全国。2017年，戴尔以集团董事长兼首席执行官身份访华，受到国务院副总理汪洋的接见。他此行的目的在于加速推进"在中国,为中国"4.0战略,以先行者的经验和实践支持实施"一带一路"的倡议。

  懂得感恩的人是最美的。戴尔把生意做到中国的同时,也对这片土地充满了感恩之心。戴尔公司曾陆续向中国教育和信息化事业捐赠现金和物资,总额达1300万元人民币。戴尔的公益项目已经覆盖我国25个省、市、自治区,超过30万名学生受益。戴尔由衷地说:"改变世界就要改变下一代,因为孩子是世界的未来。"